A1   9€   19/5/17

« PAVILLONS »

Collection dirigée par Maggie Doyle

JESÚS CARRASCO

LA TERRE
QUE NOUS FOULONS

roman

traduit de l'espagnol par Marie Vila Casas

**Robert
Laffont**

Traduit avec le concours financier
de la Commission européenne, DG Éducation et Culture

Titre original : LA TIERRA QUE PISAMOS
© Jesús Carrasco, 2016
© Editorial Planeta, S.A., 2016, Seix Barral, un sello editorial de Editorial Planeta, S.A. Avda. Diagonal, 622-664, 08034 Barcelona (España)
Traduction française : Éditions Robert Laffont, S.A., Paris, 2017

ISBN : 978-2-221-19615-1
(édition originale : ISBN 978-84-322-2733-2)

À Raquel

1.

Aujourd'hui, un bruit m'a réveillée au milieu de la nuit. Pas un ronflement de Iosif, qui, fait rare, dormait silencieusement à côté de moi, enfoncé dans la laine du matelas. Je suis restée allongée, le regard fixé sur les poutres en hêtre du plafond, étreignant fortement les draps à la recherche d'une fermeté que la toile de lin si délicate m'a refusée. J'ai continué ainsi un long moment, immobile, les épaules contractées et les poings serrés. Je voulais écouter à nouveau le bruit, clairement, pour pouvoir l'attribuer à un de nos animaux et retrouver le sommeil, rassurée. Mais, hormis le souffle de l'air qui agitait les branches du grand chêne, je n'ai rien perçu, et alors le vieux mythe de l'intrus aux yeux creusés par la convoitise m'a noué les tripes, comme par magie, et a commencé à les dévorer.

Nous sommes en août, le châssis de la fenêtre à guillotine est complètement relevé et une brise parfumée et chaude berce les voilages. Elle les fait danser si joliment qu'à cette période de l'année, pendant mes insomnies, je m'adosse contre la tête de lit et je m'émerveille de les voir ondoyer telles de délicates bannières. J'aspire les senteurs apportées par la brise qui déplace de temps à autre les parfums suspendus dans la chambre. Ils arrivent par vagues, comme la mer dépose sur le rivage les débris d'un bateau naufragé. Au printemps, les pétales blancs des orangers en fleurs embaument, surtout au crépuscule. L'arbre envoie immanquablement un signe avant-coureur plusieurs jours auparavant. Soudain, au cours de journées encore fraîches, un filament fugace prévient que quelque part alentour la vie a été conviée à sa renaissance.

Les mains empoignant la toile et les yeux clos, j'ai essayé de me concentrer sur l'obscurité extérieure. J'ai imaginé que je sortais sur le perron élevé au-dessus du gazon odorant qui entoure la maison, et de là j'ai fixé mon attention devant moi, sur le terrain en pente, vers la vallée. Au loin scintillent les réverbères à gaz du village, juché telle une tortue sur les flancs du château. Mentalement je descends les marches en bois et je fais quelques pas sur l'herbe humide, jusqu'à la barrière qui domine le potager de la terrasse inférieure. Je n'entends rien venant de là, pas même le frottement rêche des feuilles déjà sèches du maïs.

Je me tourne vers la maison pour parcourir l'arrière de la propriété. Dans les pots de fleurs accrochés à la balustrade du perron poussent des formes indistinctes. La cloche suspendue à l'auvent tombe au-dessus d'elles, sa corde les touchant presque. Un grand chêne vert puissant et plantureux se dresse à gauche du bâtiment, sa cime envahit en partie le débord du toit. De l'autre côté, entre la maison et le chemin, la petite étable aux fenestrons grillagés couverte de tuiles canal. On ne perçoit même pas le bruit des fers de la jument contre le sol en ardoise à l'intérieur. On n'entend pas non plus Kaiser, notre chien ; rien d'étonnant, c'est probablement l'animal le plus apathique qu'on puisse imaginer. « Vous devriez mettre une poule pour surveiller la propriété, m'a dit un jour le facteur. Même elle, avec son cou déplumé, ferait plus peur. » Il se peut que j'aie ri à ce trait d'esprit, et je lui ai sûrement donné raison afin qu'il parte rapidement.

Un lynx maraude apparemment depuis plusieurs semaines aux alentours du village, ou un loup, et il a tué plusieurs oies et un agneau, dit-on. Le docteur Sneint me l'a raconté au dispensaire de la garnison, la dernière fois que je suis allée au château pour chercher les médicaments de Iosif. Pendant que je rangeais les flacons dans ma besace, il s'est levé et, après avoir examiné sommairement le dos des livres de sa bibliothèque, il a sorti un atlas de la faune ibérique et me l'a montré. Sur la gravure, j'ai été frappée par les longs favoris de poils tombant des deux côtés de la gueule et l'aspect pointu des oreilles. « Des pinceaux », m'a précisé le médecin quand j'ai passé le doigt sur cette partie de l'image. « Ce pourrait aussi être un loup ou un renard, m'a-t-il dit. Vous devez chercher ses déjections, de préférence près du chemin qui mène chez vous. Quand vous en trouverez, ouvrez-les et regardez si elles contiennent beaucoup de poils. » L'idée de rechercher les excréments, autant que celle de les ouvrir, m'a paru répugnante sur le moment, mais plus tard, de retour à la maison, j'ai trouvé les crottes et je n'ai pas résisté à la tentation de fouiller dedans avec un bâton. Ce qui ne me fut pas désagréable. Elles sentaient le lapin et leur aspect laissait penser que ces animaux ne se nourrissent que de poils.

Je me suis levée et j'ai allumé la lampe posée sur la table de chevet. Penchée sur le rebord de la fenêtre, j'ai orienté la lumière d'un côté et de l'autre à la recherche de signes de l'animal, mais je me suis tout de suite aperçue que la pleine lune éclairait davantage que ma lampe, et je l'ai éteinte. De toute façon, je n'ai rien distingué d'insolite. La lumière l'a peut-être effrayé. Les animaux étaient calmes et j'ai laissé l'air tiède montant de la vallée me caresser le visage. La pleine lune colorait d'un jaune étrange les nuages immobiles au-dessus de la plaine au loin. J'ai fermé les volets et je me suis recouchée. Pendant que le sommeil revenait, je me suis fait la réflexion, les yeux toujours fixés sur le plafond, qu'il n'y a pas de hêtraies dans cette région.

2.

Je le vois pour la première fois alors que la matinée est bien entamée et que je m'occupe des géraniums. Les plis de sa veste se glissent entre les barreaux blancs de la barrière donnant sur le potager, juste en face de moi. Iosif se repose dans son fauteuil à bascule à côté de moi, même si parler de repos dans son cas est plutôt redondant vu qu'il passe tout son temps allongé ou assis : dans le lit, dans le fauteuil du salon et, aux beaux jours, ici, sur le perron. Je le lève chaque matin, je l'habille et je l'assieds à la place appropriée selon l'époque de l'année. Je le prends par le coude et il se laisse accompagner ici ou là, à petits pas, comme un chiot docile. La maladie l'a réduit à la plus petite expression de ce qu'il a été. Un homme qui a commandé des divisions, qui a disposé de la vie d'autres hommes, qui a assiégé des villes et poignardé des ennemis et des insoumis. Je me demande si ses anciens adversaires, par lui asservis et convertis en sujets de Sa Majesté, conservent la colère qui les habitait sans aucun doute au moment de rendre les armes devant lui, l'homme dans l'ombre duquel j'ai vécu et dont l'ombre est à présent tout ce que je respire. Son esprit fonctionne de façon discontinue, et il peut passer deux semaines sans dire un mot, la tête pendante, incapable même de se lever seul et faisant sous lui, ou se mettre soudainement à tout régenter. Au cours de ces épisodes, d'une durée indéterminée, il réintègre si pleinement la vie quotidienne qu'il paraît ne l'avoir jamais abandonnée. Parfois il régresse et se comporte en patient capricieux. Si nous sommes dans la cuisine et qu'il me regarde couper des légumes, il exige que je fasse des gros morceaux, et m'explique pour la énième fois qu'il aime sentir la consistance de ce qu'il mange. « Je ne veux pas de purées. C'est pour les enfants et je n'en suis pas un. »

En certaines occasions, sa raison remonte le temps et il s'adresse à moi comme si j'appartenais à un souvenir ; il m'appelle « commandant Schultz » ou « ma fleur », d'un ton martial ou sirupeux selon le cas. Le plus curieux, c'est que jamais de la vie il ne m'a appelée « ma fleur », pas même lorsque nous étions fiancés. On dirait que de vieux appétits reverdissent dans les fêlures de son cerveau, ou le souvenir d'une autre femme qu'il a sans doute désirée pendant ses longues absences ; à l'époque où les campagnes militaires se succédaient, quand l'Empire semblait devoir finir par occuper la totalité du globe.

Par chance, l'homme qui faisait trembler les fondations de mon univers ne me visite plus depuis des années. Sa façon de s'emporter violemment quand le petit Thomas se trompait dans ses déclinaisons ou rentrait sale du jardin. Il l'attrapait par l'oreille, tirait vers le haut et soulevait presque le garçon. Il le secouait, et il n'était pas rare qu'il lui administre des gifles et des coups sur les doigts avec la règle en bois. Je le suppliais de le laisser tranquille, ce n'était qu'un enfant, il se retournait alors et m'accablait de son regard opaque ; celui de quelqu'un qui a bu jusqu'à plus soif le sang bouillonnant des hommes. Un regard dont le souvenir me fait encore tressaillir et dont il reste des traces au fond de ses yeux.

« Maudit papillon du géranium », me dis-je en apercevant les tiges trouées. Il est impossible à exterminer et je dois tous les ans arracher beaucoup de pieds et les brûler derrière la maison, c'est la seule manière d'éviter que le fléau n'affecte les plantes saines. J'attrape les tiges et je les tire en tournant pour les sortir du pot. La terre noire tombe sur le sol, toujours fraîche et bien compacte, formant des grumeaux spongieux que je porte à mes narines pour m'enivrer de leurs arômes.

Je lève la tête vers le large horizon de la Tierra de Barros, et sa veste foncée est là, glissée entre les barreaux blancs, pénétrant, crasseuse, dans notre propriété. Kaiser s'est approché et le renifle avec curiosité, de notre côté de la grille.

Je me redresse sans quitter l'homme des yeux, recule lentement jusqu'à la porte ouverte et prends le fusil de chasse accroché dans l'entrée. Je dois me mettre sur la pointe des pieds pour atteindre la bandoulière avec les cartouches. Si la menace avait été violente et si, au lieu de ce misérable, un voleur avait tenté d'entrer dans la maison, je n'aurais pas eu le temps de le repousser. Mais je ne peux pas me permettre de laisser le fusil chargé à portée de main de Iosif. Pas une nouvelle fois.

Mes doigts tremblent pendant que j'introduis la cartouche dans le canon. Je referme l'arme, je descends les marches et j'avance vers lui. Je m'arrête à une certaine distance, j'appuie fortement la crosse contre mon épaule, m'attendant à tomber sur un poivrot désorienté qu'un manche à balai devrait suffire à maîtriser, je l'espère.

« Vous ne pouvez pas rester là, lui dis-je. C'est une propriété privée. » Il ne répond pas, ne bouge pas, ne tourne pas la tête pour me regarder. De ce côté-ci de la barrière, je ne distingue que le sommet de son crâne, ses cheveux broussailleux et sales. J'attends. Kaiser fourre son museau entre les planches de bois et donne des petits coups de plus en plus impatients, comme une sorte de version aimable de ce que seraient les miens, du bout de ma chaussure. Je m'approche un peu, je le touche à deux reprises avec la crosse et je m'écarte. Il ne bouge toujours pas, et j'imagine un instant qu'il est mort. Je me déplace latéralement vers le portillon par lequel on descend au jardin potager. Je veux pouvoir me pencher de l'autre côté tout en restant à distance. C'est un homme mince vêtu de la veste foncée que j'ai déjà vue, et d'un pantalon noir. Il est allongé contre la grille, les jambes étendues, la tête inclinée et les mains sur les cuisses, paumes vers le bas. Près de lui, une valise, et posé dessus, un chapeau marron. Il n'a l'air ni d'un mendiant ni d'un poivrot, et si ce n'était qu'il s'est couvert de poussière en s'asseyant par terre, il pourrait entrer n'importe où ainsi vêtu.

« Vous devez partir. » J'insiste, l'arme entre les bras, et il tourne alors la tête dans ma direction, mais sans la lever. Sa mâchoire est piquée de poils blancs épars. Sa chemise est jaunie au cou, sa veste trop grande.

« Je ne vous donnerai pas d'argent. » Kaiser s'est allongé derrière lui, contre ses reins, aussi inutile qu'une once de poudre mouillée.

Pas de réponse.

3.

Malgré la chaleur, nous déjeunons sur le perron, ce que nous ne faisons jamais. Le fusil de chasse appuyé contre la balustrade, toujours à portée de la main, un bon paquet de cartouches dans la poche de battue. À cette époque de l'année, le midi, nous mangeons généralement dans la cuisine, située à l'arrière de la maison. Là, les fenêtres sont protégées en permanence par l'ombre des branches du chêne vert.

J'installe Iosif au bout de la table et je lui sers le repas. Toujours frugal, tout à fait de chez nous, peu influencé par la gastronomie locale, même si, lorsque le jardinier m'offre du gibier, je prépare un des rares plats d'ici que j'ai appris à cuisiner : le riz aux amandes. Iosif a toujours préféré cette recette avec des perdrix, mais depuis qu'il est malade, il est incapable de détacher la viande de tous les minuscules os, et je ne suis plus disposée à lui émietter les aliments.

Lorsque nous finissons de manger, il s'endort au creux du dossier incurvé du fauteuil à bascule. Un filet de bave coule de sa bouche, que je ne m'empresse pas de nettoyer, comme tant d'autres choses. Sans cesser de regarder en direction de l'homme, je descends les marches et je verse les restes du repas dans la gamelle du chien qui se lève en me voyant, s'étire et trotte, heureux, vers sa nourriture. L'homme n'a pas bougé d'un pouce de toute la journée et il n'a pas ôté sa veste, je l'imagine en sueur, tellement couvert sous le ciel d'août.

Immobile, Kaiser à mes pieds en train de fouiller dans sa gamelle, faisant craquer les os sous ses dents, je me demande pourquoi je n'ai pas sonné la cloche. Pourquoi je n'ai pas prévenu la garnison. D'ici peu un peloton arrivera et l'emmènera. Ils disparaîtront sur le chemin et on ne le reverra jamais. Au cas où il pourrait être utile dans une des maisons du village, on appellera son patron pour qu'il vienne le chercher au corps de garde. Auparavant, il sera fouetté par le bourreau militaire et ensuite, dans la maison, le maître décidera de la façon d'utiliser le serviteur indocile. Il en a toujours été ainsi, dans cette colonie du moins.

S'il le faut, je pourrai aussi le tuer moi-même. Au moindre geste de sa part, si sa tête apparaît au-dessus des pointes des barreaux, j'attraperai le fusil et je lui ferai sauter la cervelle. Alertés par la détonation, les soldats arriveront et me demanderont ce qui s'est passé. Il me suffira de leur dire que l'homme tentait de pénétrer dans la propriété ou qu'il nous a menacés, moi ou Iosif, et tout sera terminé. Ils l'attacheront à la croupe du cheval et l'emmèneront. C'est aussi simple que cela. Mais il me faudra alors des jours, des semaines éventuellement, pour retrouver le sommeil. Ce sont nos hommes qui doivent s'occuper de ces gens. Ce sont eux qui savent quand ils doivent tirer et pourquoi. Nous, les femmes, nous les avons simplement suivis jusqu'ici. À des milliers de kilomètres de la patrie, dans ce coin de Sud exotique dont nous avons fait notre lieu de retraite, paisible et pittoresque.

Je passe tout l'après-midi assise, je couds par moments ou alors je me contente de regarder vers la barrière. Le fusil toujours au même endroit pour me rappeler que l'immobilité de l'homme ne le rend pas inoffensif. À côté de moi, Iosif murmure une mélodie. La version atone d'une vieille polka très en vogue dans notre jeunesse. Son propre auteur ne la reconnaîtrait pas dans cette interprétation confuse.

Il peut rester là où il est, mais pas éternellement. Sauf s'il a choisi cet endroit pour mourir, à un moment ou un autre il lui faudra se lever pour boire, manger, faire ses besoins. Si j'attends suffisamment, je le verrai se redresser. Peut-être ensuite partira-t-il, ou au contraire il se mettra à courir dans notre direction, la mâchoire serrée, les veines de ses tempes dilatées. Je jetterai alors mon ouvrage et j'attraperai le fusil en me levant. J'aurai juste le temps de poser l'arme contre mon épaule et d'appuyer sur la gâchette, les yeux fermés. Après viendront quelques secondes d'étourdissement et d'obscurité jusqu'à ce que les palpitations dans mes oreilles se calment, ou que j'aie le courage d'ouvrir les yeux et de contempler la fin de la scène.

4.

Lorsque l'après-midi s'achève, je lui approche un plateau avec une assiette de ragoût, du pain et un pichet d'eau. Je ne lui mets pas de couverts. Je pose le tout à une certaine distance, sur l'escalier qui descend au potager où mes légumes prennent la lumière du soleil, au milieu des oliviers et des figuiers.

« Mangez ce que vous voulez et partez. Ne vous avisez pas de franchir la barrière ou je tirerai. »

La viande fume sur les marches. Le silence est propice aux énigmes et cet homme, avec son mystère, m'exaspère et me provoque d'une certaine manière. Il m'entrave, il me méprise. Peut-être ne comprend-il pas ce que je lui dis, tout simplement. Si c'était un voleur, il aurait déjà vidé la maison, et ni Iosif ni moi n'aurions pu lui opposer de résistance. Kaiser non plus, tellement docile, tellement avide de mains humaines. S'il était venu pour la nourriture, il l'aurait demandée. De là où il est, il aurait attiré mon attention, il aurait porté ses doigts à sa bouche et il les aurait agités. Qu'il vienne du village ou qu'il ait marché depuis La Parra, il est pratiquement impossible d'arriver jusqu'ici sans croiser une patrouille.

« Vous ne pouvez pas rester ici. Vous empiétez sur notre terrain. » L'homme se retourne alors et me regarde pour la première fois, mais ses yeux arrivent à peine à la hauteur de mon nombril. Je recule de deux pas, je croise les bras. Je me protège.

À cette heure du jour et à la distance où je me trouve, je ne distingue pas ses traits. Même avec plus de lumière il m'aurait été impossible d'interpréter un regard à ce point baissé. Il reste dans cette position puis, probablement fatigué, reprend la posture qu'il a maintenue toute la journée. Je pense un instant qu'il va replonger dans sa prostration quand, soudain, ses mains prennent appui sur le sol poussiéreux et il se redresse avec lenteur. Je recule à nouveau. Le fusil est loin, contre la balustrade, le canon tourné vers les premières étoiles.

Mais il ne menace pas, ne se cache pas, ne m'adresse aucun geste hostile. Au contraire, il paraît vouloir se montrer, sans plus. Taille moyenne, cheveux bruns, voûté à cause de l'âge ou des heures passées contre la barrière, qui sait. L'un des pans de sa chemise sort de son pantalon. Il regarde dans ma direction, mais il ne me regarde pas. Il a le visage couvert de cicatrices. On dirait qu'un enfant l'a égratigné avec un objet pointu. Yeux foncés et absents qui s'arrêtent sur les formes de la maison, derrière moi, à mesure qu'ils les parcourent.

Il secoue la poussière de son pantalon, rentre sa chemise, lisse sa veste, la boutonne et se retourne. Surprise, je le vois marcher le long de la barrière blanche, mais pas en direction de la porte donnant sur le chemin, vers l'escalier qui descend au potager. Il passe à côté du plateau de nourriture, pénètre dans les carrés cultivés, descend, franchit le mur inférieur et finit par se perdre parmi les oliviers, en bas, dans la vallée. Je reste immobile un long moment, entourée par le chant des grillons et des cigales, tentant de faire en sorte que la silhouette décharnée qui a passé la journée contre les planches de la barrière quitte mon esprit, ce qui ne se produit pas.

5.

Trois jours plus tard, au retour de ma promenade à cheval, je trouve le portail entrebâillé. J'essaie de regarder au-delà du mur, mais les amandiers qui bordent le chemin m'empêchent d'avoir une vision complète de la propriété. Je distingue l'auvent du perron, le gazon qui l'entoure et quelques parties du potager. Je tends l'oreille en direction de la maison mais je suis incapable d'entendre les bruits qui proviendraient de l'intérieur.

Je ne peux pas sonner la cloche avant d'avoir atteint les marches. Je me retourne, et l'image nette de la tour du château a beau ne pas me rassurer, elle m'offre toutefois une issue. Je tire les rênes d'un côté et Bird, obéissant à l'ordre du mors, fait demi-tour. Je la stimule avec ma cravache pour qu'elle accélère le pas, mais ses fers glissent sur les ardoises du chemin pentu, et l'animal, prudent, règle ses mouvements afin de ne pas tomber. Il s'ensuit une avancée plus lente que si je marchais. Je mets pied à terre, j'attrape la jument par le caveçon et je tire sans obtenir une allure plus rapide. Ma respiration traduit une anxiété croissante. La personne qui a pénétré dans la propriété est peut-être en train d'agresser Iosif, de fouiller dans les tiroirs, de jeter les souvenirs, de poser ses sales pattes sur mes écrits.

Je m'arrête. La garnison, si lointaine à présent. Dans des moments pareils, je me demande une nouvelle fois pourquoi nous avons bâti notre foyer ici, aussi à l'écart du village et du château. Pourquoi j'ai traîné Iosif jusqu'à ce flanc de coteau au lieu de suivre les conseils du premier consul quand il nous informa que nous pouvions prendre possession d'une des grandes demeures situées au bout de la rue Nueva. Il nous remit alors une lettre que je garde dans mon secrétaire, et que l'intrus piétine peut-être en ce moment. « L'état-major a décidé que les officiers s'étant distingués au cours de l'annexion de l'Espagne auront la préférence au moment de choisir la maison du village qu'ils désirent occuper. » Des mots suivis d'une liste de noms par ordre de priorité ; Iosif était l'un des premiers.

J'attache Bird à un amandier et je remonte discrètement le chemin, jusqu'au mur sur lequel je m'appuie pour observer la propriété. Les cartouches que je garde dans ma jupe me rentrent dans le ventre. Je ne perçois rien de particulier hormis le bruit de l'eau et les mouvements des branches de figuier. Je continue de monter, protégée par le parapet, jusqu'à apercevoir l'arrière de la maison. Les fenêtres sont fermées et il n'y a pas trace de Kaiser ni des poules.

Je reviens au portail avec l'espoir que celui qui l'a laissé ouvert soit le fou rencontré quelques jours plus tôt. Il est le plus inoffensif des agresseurs possibles à mes yeux. Le chien paraît au coin de la maison et traverse le gazon en direction du potager. Je le suis du regard et le vois s'arrêter et se pelotonner à côté de l'homme. Ce dernier est agenouillé devant les pieds de tomates. Immobile, les mains sur la terre.

Je me glisse par le portail entrebâillé et je descends le chemin en pente sans faire attention au sable qui le recouvre, et je manque glisser : mentalement, je cherche déjà les cartouches et décroche le fusil.

Sur le perron, le bois crisse sous mes pas pressés. Sans perdre de vue l'endroit où se tient l'homme, je palpe la cloison et quand je trouve l'arme, je la soulève par la bandoulière. Je sors une cartouche de la poche de battue, j'ouvre le canon, et bien qu'ayant juré de ne plus jamais avoir d'arme chargée à la maison, le culot en laiton au brillant terni obstrue déjà le canon. Seulement alors je pense à Iosif, qui me regarde fixement dans son fauteuil à bascule immobile. Les mâchoires serrées ; le visage tendu. Il le traite de vermine, de sale type. La vase s'accumule au fond de ses yeux, mais dans ses pupilles brille la rapacité sanguinaire du chasseur. Je tourne le regard vers le potager et je referme le fusil. Je sens entre mes mains le claquement sec du verrou fermant le canon. Un son précis et ferme qui m'exhorte à une confiance qui me fait défaut. L'acier du canon sera ma bouche, et la poudre tassée, mon cri.

« Vous êtes sur une propriété privée, je ne vous le redirai pas. Si vous ne partez pas immédiatement, je tire. »

L'homme demeure imperturbable. Je serre avec force la poignée en bois de la crosse, le doigt prêt, posé sur la détente. Je sais parfaitement que je ne tirerai pas sur lui, sauf s'il tente de m'agresser. Malgré tout, son apathie me désespère. Il ne me regarde pas, il ne remue pas un muscle, il ne manifeste pas la moindre peur, non plus cette fois face à une vieille femme maigre mais devant une arme chargée et capricieuse. Un fusil. Qui ne m'a servi qu'à abattre des oies et des faisans, presque toujours incités à l'envol par de bruyants rabatteurs. Je me demande quel genre d'alcool boivent ces gens. Pourquoi se montrent-ils si amorphes ? Où est leur dignité ?

Je m'apprête à lui parler de nouveau. Je vais l'avertir de l'immunité dont je jouis, car je suis dans ma propriété, et Iosif est l'un des colonels qui ont gagné ces terres pour l'Empire, et aussi grâce à la position qui est la mienne dans la colonie. Je vais ouvrir la bouche quand je prends conscience que l'attitude de l'homme ne représente aucune menace. Il a les mains enfouies dans la terre. Les manches de sa chemise remontées laissent voir des bras comme des sarments, et son cou ressemble au tronc vieux et rugueux d'une vigne. La tête dressée. Les yeux ouverts et perdus. La membrane bleutée qui les recouvre paraît le tenir à distance non seulement de la vision des choses mais aussi du monde même. Un être aliéné, ou égaré dans on ne sait quels souvenirs.

Agenouillé devant le carré de potager, il a retourné la terre avec ses mains, il a dégagé l'humidité du fond, le trésor sur lequel poussent les fruits lisses. Il a le menton taché de terre humide, comme s'il venait de festoyer avec elle. Il est là, silencieux, face à moi, les mains enfouies dans le sol.

6.

Depuis que je l'ai autorisé à rester, les jours ont passé, identiques au premier : il est allongé entre les terrasses et, à midi, lorsque les treillages et les figuiers ne le protègent plus du soleil, il se lève et monte s'asseoir sous le grand chêne. Le soir, à la nuit tombée, il regagne les terrasses et se rallonge, comme s'il récupérait d'une fatigue millénaire.

Kaiser a décidé de troquer la fraîcheur de la maison et notre compagnie pour celle de l'homme. Il reste tout contre lui la plus grande partie de la journée et il ne se lève, avec entrain, que lorsqu'il m'entend verser les restes dans sa gamelle. Cet enthousiasme minimal du chien est la seule chose qui semble présentement différencier leurs vies. Prostration interminable des jours d'été.

Nous passons les matinées à l'intérieur de la maison et les après-midi sur le perron, faisant comme si rien n'avait changé, comme si un étranger ne vivait pas dans notre potager. Je couds ou je lis, j'essaie du moins, alors qu'en réalité je m'épuise à penser à lui, qui me déconcerte et m'intrigue tout autant. Je m'approche parfois de la barrière pour savoir s'il est toujours là, de la même façon que je jette régulièrement un coup d'œil à Iosif. Lorsque j'aperçois l'homme et sa façon extravagante d'occuper notre espace, je me demande pourquoi je l'ai autorisé à rester, bien que je n'aie pas exprimé devant lui un consentement formel.

Enfin, ce ne serait pas la première fois qu'un villageois soûl arrive jusqu'à la propriété. Ils s'enivrent à la taverne de la rue Badajoz et, parfois, quand ils ne retrouvent plus le chemin de leur maison, ils s'égarent dans les collines. Ils boivent sans autre objectif que l'ébriété. Aucune sociabilité dans leurs réunions, seulement de l'alcool affreusement mal distillé qu'ils avalent comme de l'eau. Quel genre de vie mènent-ils pour être incapables de contenir leurs appétits ? Et que dire de leurs patrons quand une telle chose se produit ? Sont-ils impuissants à surveiller leurs domestiques ? Je songe à la nourrice qui allaitait Thomas et je l'imagine contaminant notre fils avec son lait caillé par le marc. Mais je peux toujours parler ! J'ai si souvent remarqué que le récipient contenant l'argent avait été fouillé par la femme montant régulièrement du village pour nettoyer la maison et laver le linge. Sa présence m'est aussi désagréable que celle de la majeure partie des villageois que je croise, fainéants, grégaires, au teint basané. Et le jardinier, combien de fois ai-je dû lui donner de l'argent pour qu'il achète de nouveaux outils ? Que seraient ces gens sans nous ?

7.

Habituellement, je lui apporte le petit déjeuner de bonne heure, quand il fait encore nuit. Je descends les marches prudemment et je traverse la pelouse, l'œil rivé sur le sol par-dessus le plateau, attentive à ne pas trébucher dans l'obscurité. J'ouvre le portillon, laisse le plateau sur le muret et ne pars qu'après avoir vérifié où il se trouve. Quand il s'étire, longtemps après, le café est aussi froid que le pain que je lui fais griller chaque matin. Il m'est arrivé d'envisager la possibilité de m'adapter à ses horaires. Aucune obligation ne m'en empêche, mais je préfère ne pas croiser son regard vide. J'ai beau considérer sa présence comme quasiment inoffensive, l'idée de le savoir ici bourdonne en permanence dans ma tête depuis le jour où il est apparu.

Aujourd'hui, en arrivant, je ne l'aperçois pas au milieu des carrés du potager. Je fouille du regard les petites allées, les bordures, les espaces entre les arbres fruitiers et même les ronces, sans le trouver. Je respire, soulagée à l'idée que tout est terminé.

Qu'enfin, il s'est lassé de rester ici, qu'il a poursuivi sa route, que la situation s'est résolue sans que j'aie eu à prendre de décision. En revenant à la maison, je sens l'herbe qui commence à crisser sous mes pieds à cause de la sècheresse, car je ne l'ai plus entretenue depuis que l'homme est arrivé. Je ne l'arrose plus, ne la coupe plus depuis des jours, et je me demande ce que je vais raconter au jardinier la prochaine fois qu'il montera pour faucher et s'occuper du potager. Au moment d'entrer dans la cuisine, je le découvre assis contre le tronc du chêne où il a apparemment passé la nuit. Je veux croire qu'il est endormi. Je me dirige vers l'arbre et je laisse la nourriture à deux pas de l'homme, puis je recule avec la même prudence dont je faisais preuve tous les soirs en sortant de la chambre de Thomas après l'avoir endormi. J'entame à peine ma retraite quand il lève la tête et la remue en tous sens comme s'il chassait un moustique gra-vitant autour de ses cheveux. Je m'éloigne de deux pas et me couvre avec mon châle. Il se lève alors et se met à marcher à pas lents vers le potager. Je reste immobile, en attente, le regardant s'éloigner. Il s'arrête à mi-chemin, le haut de son corps pivote vers moi et il reste dans cette position jusqu'à ce que je le suive enfin.

À mon sens, c'est au pied des cultures que sa vie a commencé à chavirer. Il prend une poignée de terre, la porte à son nez, la hume les yeux presque clos comme s'il dégustait un vin. Je reconnais cette expression à la fois concentrée et grisée. Je cherche moi aussi dans mes pots de fleurs des arômes vaporeux, des restes de bois décomposés, des veines minérales. Mesures d'une mélodie secrète qui me parlent de l'humidité, de la consistance ou de la structure de la terre.

Son discours est saccadé et sa façon de parler peu intelligible. De temps en temps, il intercale quelques mots de notre langue, ce qui accentue ma perplexité. Il désigne le fond de la vallée, cite des lieux du village, prononce des noms. Il dit « Corredera » et aussi « Griottes », et il le fait en bégayant, en se mordant les lèvres, en remuant la tête de façon spasmodique. Puis il se tait et sa tête retombe sur sa poitrine, tel un homme qui ploie sous la honte.

Il passe la moitié de la matinée comme ça, lâchant des mots qui volent dans n'importe quelle direction, incohérents. Parfois, il fait une phrase entière, mais le plus souvent il prononce de simples syllabes isolées, et il me faut l'écouter pendant plusieurs heures pour que son discours erratique et mes suppositions se rejoignent. Je comprends qu'elles contiennent un récit et je me lève subitement ; je vais vers la maison. J'en reviens avec mon carnet et un crayon. À partir de ce moment, je passerai des heures assises à côté de lui, attentive aux lèvres de cet homme qui paraît vivre seul, étranger à la présence de cette femme qui l'observe avec perplexité.

Le soir, après avoir couché Iosif, je relis les notes prises pendant la journée : des mots décousus, des phrases dans lesquelles sa langue se mêle à la mienne, des indications sur un geste ou même un de mes dessins malhabiles. Je sens que chaque annotation est le pilier d'un pont détruit et, sans prévoir la portée de mon acte, je prends la plume pour tenter de le reconstruire, et j'écris qu'il est réveillé par le bruit d'un moteur rugissant comme un félin métallique et entêté, et que le sol sur lequel il est assis vibre. Qu'il sent son corps endolori, qu'il est hébété, et que sur un côté de sa tête des croûtes de sang séché poissent ses cheveux. Des rais de soleil poussiéreux pénètrent par les fentes du lieu où il se trouve, mais il discerne à peine les formes répandues sur le sol, ni leurs mouvements anémiés. Dehors, derrière les planches, des soldats parlent. Des cloches sonnent au-dessus de sa tête, pas très loin. Tintements désordonnés qui n'appellent ni à une messe ni à un enterrement et n'alertent pas non plus d'un danger. Comme si des enfants de chœur jouaient à se pendre aux cordes des cloches.

8.

Des coups métalliques me réveillent. La lumière qui entre par la fenêtre ouverte éclaire déjà toute la pièce. Iosif dort à côté de moi. Les papiers de la nuit jonchent le bureau. Éparpillés, l'encrier posé dessus et le tampon buvard pas à sa place. Je me lève, m'enveloppe dans mon châle et sors à la hâte. Je trouve le jardinier à la porte de l'écurie équipé des outils pour la journée. Je le salue avec une courtoisie inusitée entre nous, et bien que j'essaie de feindre la normalité, ma seule présence ici, en train de lui souhaiter la bienvenue, constitue en soi une anomalie que nous ne savons traiter ni l'un ni l'autre.

Après quelques circonvolutions oratoires – la chaleur lourde qui s'annonce pour la journée, les fleurs des genêts –, je lui explique enfin que j'ai décidé de me passer de ses services pendant les trois prochaines semaines. Après tant d'années d'observations attentives, je désire assumer seule la responsabilité du jardin. Pendant que je discours, l'homme hausse un sourcil et recule légèrement la tête. Quand j'ai fini, il me parle de la quantité de travail que donne un potager en été et il me regarde des pieds à la tête, voulant peut-être me rappeler que je suis une femme âgée et que, dans ma position, il est incorrect d'exercer de telles tâches. Il me faudra retourner la terre avec une houe lourde pour amener l'eau entre les ados, attacher très fortement les tiges au risque de faire éclater la peau de mes mains, charrier des branches, charger et verser suffisamment d'eau pour arroser tout le gazon qui entoure la maison.

Je lui demande d'attendre un moment et je rentre à l'intérieur pour chercher mon porte-monnaie. Au retour, je sors l'argent correspondant aux journées où il ne viendra pas travailler et j'en ajoute un peu plus. Je le lui tends et il le prend.

Avant de partir, il jette un regard mélancolique sur le potager, comme si je le privais d'une gourmandise longuement désirée ; en réalité, il le parcourt des yeux à la recherche d'une explication à ma décision. Il ne remarque rien de bizarre. Et pas l'homme caché au pied des longs treillages sur lesquels grimpent les haricots ou sous les feuilles gonflées des plants de courgettes. Le jardinier soulève son béret en signe de respect, monte le long du chemin et après avoir refermé le portail il reprend la route vers le village, avec davantage d'argent qu'il n'a jamais eu sur lui.

Je reste là, serrant les barreaux de la grille, jusqu'à le voir disparaître derrière le lacet du grand figuier. Seulement alors, quand je suis absolument hors de sa vue, je descends au potager pour vérifier que l'homme est bien dissimulé. Et je prends brusquement conscience que je suis en train de le cacher. Même si je suis incapable de citer les raisons pour lesquelles je l'ai autorisé à rester, je me rends parfaitement compte qu'en agissant ainsi j'enfreins la loi. Un règlement interdit les relations suivies avec les villageois sans en informer les autorités, c'est-à-dire, dans cette zone, le consul. Il est arrivé que des colons soient emprisonnés quand des liens de cette nature non autorisés ont été découverts. Le cas le plus célèbre s'est produit il y a quelques années, quelque part dans les colonies africaines, lorsque, d'après les journaux, une famille de fermiers avait admis en son sein l'un de ses domestiques qui, un jour, avait violé une fille de la famille. L'employé fut conduit au gibet et le chef de famille en prison pour avoir consenti à une telle familiarité. *Le Magazine impérial* se chargea de divulguer la nouvelle sans omettre le moindre détail. Je me souviens qu'à l'époque nous eûmes plusieurs conversations à ce sujet avec Iosif. C'est lui qui m'avait fait remarquer combien il était curieux que *Le Magazine* se fasse l'écho d'un événement aussi épouvantable. « Inconvenant ». C'est le mot qu'il avait l'habitude d'employer à propos de ce qui pouvait incommoder la bonne société.

À midi, quand je vais lui porter son repas, je le trouve debout, il me tourne le dos, balançant son corps d'avant en arrière comme s'il voulait frapper de son front le tronc du chêne vert en face de lui. Il parle tout seul, ou à l'arbre peut-être, ou à ses souvenirs. Je pose le plateau à la même place, mais cette fois je m'assure qu'il a entendu le tintement des couverts. Il cesse de parler, mais il continue de me tourner le dos.

Je désigne mon torse, et je me sens stupide au moment où je prononce mon nom : « Madame Holman. Je m'appelle Eva Holman. » Kaiser s'est approché et renifle l'assiette de riz posée sur le plateau. Je le regarde d'un air sévère jusqu'à ce qu'il se retire en bavant vers l'endroit où l'homme demeure immobile. Je murmure « Madame Holman », sur le point de m'avouer vaincue. Plus jamais je ne dirai mon nom à quelqu'un qui me tourne le dos. C'était une erreur. Tout cela est de la folie. Ma tentative saugrenue de comprendre. Il parle alors. Au début, je ne comprends pas ce qu'il dit. Le tronc du chêne paraît avaler ses paroles. « Leva », prononce-t-il, et il le répète tandis que je vais chercher mon carnet dans la maison.

Le soir, je couche Iosif de bonne heure. Il me pose des questions sur le « gueux ». Je temporise, assise sur le matelas, tout en soulevant ses mains pour le saucissonner dans sa chemise de nuit. Deux paquets gélatineux pendent sous ses bras. Tout son corps tend de la sorte vers le sol.

Lorsque je m'assieds pour écrire, ses ronflements sont comme des vagues sèches battant contre la jetée. Je le regarde, le stylo à la main, et j'ai l'étrange impression de me trouver au milieu d'un champ de bataille entre deux armées attendant le moment de se massacrer.

38

Je dois contenir Iosif et m'occuper en même temps de ce que l'homme du potager semble vouloir me dire.

La plume gratte le papier, un bruit agréable près de la flamme ondulante de la bougie. Je reprends mon travail où je l'avais laissé la veille et j'écris qu'il lui est impossible de savoir depuis combien de temps il est dans le camion, ni où il était avant. Ni dans quelle direction s'engage le véhicule quand il démarre. Il pense d'abord qu'ils vont au Portugal, ensuite qu'ils se dirigent vers Badajoz. « Teresa », murmure-t-il, réglant sa voix sur la vibration de la caisse.

Les cahots l'assoupissent.

Il n'arrive pas à se réveiller complètement, même quand le camion s'arrête enfin et que le moteur cesse de rugir. La secousse déclenche un tohu-bohu de l'autre côté des planches et des bousculades à l'intérieur. Des gens vont et viennent, des soldats hurlent, un tir au loin, des pleurs d'enfants et des aboiements. Du dehors, ils frappent les portes comme s'ils tapaient à coups de marteau. Étendu juste à côté, Leva sursaute et essaie d'atteindre le fond de la caisse du camion, pensant s'y mettre à l'abri. Dans son avancée, il trébuche et tombe sur des corps qui protestent. Il se traîne, et malgré ses tentatives, il n'atteint pas son objectif, car, collé contre l'ultime paroi, il y a un groupe qui s'y est réfugié avant lui.

9.

Mon corps est en quelque sorte réglé sur le soleil, et l'axe qui meut l'astre doit se prolonger et actionner quelque chose en moi quand il monte à son rythme à l'est. Que ce soit l'hiver ou l'été, que nous dormions avec les fenêtres ouvertes ou fermées, je me réveille en général juste avant l'aube. Même aujourd'hui où mon sommeil, déjà bref, a été continûment troublé. Je me réveille pourtant à l'heure dite, je m'habille et je sors sur le perron où je respire les odeurs du lever du jour, appuyée contre la rambarde, alors que Iosif dort encore et que je ne suis pas suffisamment éveillée pour assumer l'amertume des jours.

Je souhaiterais demeurer ainsi, arrêtée dans ce présent de fragrances, contre mon balcon en bois, tour de guet en d'autres temps et prie-Dieu à présent, peut-être. Mais je ne peux pas vivre uniquement cet instant alors que, de la soirée précédente et sans que je puisse l'éviter, me parviennent des fragments de sa terreur. J'entends le grincement des crémones du camion aussi nettement que je sens le contact lisse de la rambarde sur laquelle je m'appuie. Je peux voir les portes s'ouvrir et la lumière extérieure pénétrer violemment, l'obligeant à se protéger les yeux. Au milieu de la bousculade, des voix et des cris des soldats, il distingue la demi-douzaine de corps qui ont voyagé avec lui ainsi que des formes nouvelles et radiantes qui grimpent dans la caisse. Lorsque ses pupilles s'adaptent enfin à la clarté insolite, les portes se referment déjà sans qu'il ait pu reconnaître l'endroit où ils se sont arrêtés. Le regard encore ahuri, il sent les nouveaux corps s'approcher et il les entend chuchoter dès que le camion démarre. Le volume de ces murmures augmente sous l'effet du ronronnement du moteur et des grincements des ressorts mal graissés, et Leva comprend enfin ce que ces gens disent.

« Où est-ce qu'on nous emmène ? » s'interrogent-ils les uns les autres. Et aussi : « Qui sont ces soldats ? » Les suppositions se mêlent aux témoignages sur les atrocités qu'ils ont subies ou vues. Certains paraissent déjà avoir dépassé le stade de la perplexité et ils se préoccupent d'obtenir des informations concernant leurs proches. Ils citent des noms de rues de Badajoz que Leva a entendus souvent mais où il n'est jamais allé. Quelqu'un dit qu'il est d'Olivenza et que sa ville a été attaquée à coups de canons. Il raconte qu'il a été capturé alors qu'il tentait de fuir au Portugal avec d'autres voisins. Ils allaient traverser à Puente de Ajuda quand ils ont été attrapés, et ils ont été ramenés à la ville pour être transportés en charrette jusqu'à Badajoz. Là, on les a conduits dans les arènes où une multitude était déjà enfermée. Les militaires entraient à intervalles réguliers et emmenaient des groupes de personnes, et ceux restés à l'intérieur pouvaient entendre les tirs des pelotons de l'autre côté de l'enceinte des arènes. Il raconte que quand son tour est venu, il s'est dit qu'il allait mourir, et il a crié les noms de ses parents et de ses frères et sœurs, il leur a fait ses adieux, sans même savoir s'ils étaient là. Ses paroles flottent dans l'obscurité de la caisse. Entre prières, sanglots soudains et spasmes d'halluciné, il rend grâce à Dieu d'avoir été sauvé. Avant de se taire définitivement, il raconte, désireux peut-être de donner du courage à ses compagnons de voyage, que l'instituteur du village a été sauvé avec sa femme enceinte et ses deux fils, il le sait. « Parce qu'ils avaient une vieille moto. » Ensuite, le temps et les kilomètres passant, les voix s'éteignent, ne restent que les bruits du camion.

La vision de sa veste pendue à un saillant du chêne me tire de mon cauchemar. Tellement sale et froissée que j'ai eu du mal à la distinguer du tronc. Sans réfléchir, je descends les marches et je m'approche prudemment de la barrière pour jeter un coup d'œil au potager. Au milieu des roseaux, je vois ses jambes de pantalon qui dépassent, ses deux chaussures posées ensemble à côté, et des chaussettes trouées laissant apparaître des talons sales.

Je marche vers l'arbre sans perdre la barrière de vue, sachant que s'il me surprend en train de fouiller dans sa veste, il sera trop tard pour fournir une excuse. Je m'approche, encore enveloppée par les arômes ranimés du point du jour et la brise qui continue d'agiter à peine les cistes, et je perçois déjà la puanteur du vêtement, même à plusieurs pas de distance.

Une partie de la doublure est décousue et dépasse légèrement de l'un des pans. On devine la qualité du vêtement malgré la saleté et de petites traces d'usure. La proximité m'oblige à éloigner mon visage. Je songe que s'il était possible de fouiller dans ces odeurs avec un bâton et de les séparer, je pourrais peut-être reconstituer le chemin qui l'a amené jusqu'ici : des bûchers dans les fossés, un chien enfoncé jusqu'au cou dans un bourbier, la transpiration macérant son corps toujours couvert qui avance avec sa pourriture vers cet endroit précis.

Je décroche la veste en l'attrapant par le col avec deux doigts, comme un poisson pourri. Elle pèse plus lourd que je ne le pensais. Je palpe les poches extérieures et je sens des masses dures qui me semblent être des pierres. Pour examiner l'intérieur je l'étends par terre et l'ouvre avec un bâton. Une étiquette cousue sur la doublure indique qu'elle a été confectionnée chez Meulenhoff, le meilleur tailleur de la capitale.

La première chose qui me vient à l'esprit est la vérité : la veste n'est pas à lui, et il l'a sûrement volée. Je l'examine de plus près et je découvre les initiales du propriétaire brodées sur la doublure. Un A et un B. Adolf Brauer, András Bohr, Arnold Blume.

Je jette le bâton, je palpe les poches intérieures et mon esprit cesse de faire des supputations quand j'extrais de l'une d'elles une enveloppe en papier vieillie. Les coins sont usés et le rabat n'est pas collé. J'en sors ce qui paraît être une lettre. J'ai l'impression que je vais être découverte à tout moment. Que l'homme du potager va se réveiller tôt, précisément aujourd'hui. La honte est un sentiment répugnant qui me ramène toujours à l'enfance, au jour où mon père m'a prise sur le fait, ses estampes pornographiques entre les mains. Avant de replier la feuille et de la remettre à sa place, je lis la signature : « Adrien Boom, lieutenant. Corps du génie ». Un paraphe simple et une adresse postale que je ne me laisse pas le temps de lire.

Pendant que je prépare le petit déjeuner je ne cesse de répéter mentalement le nom et le rang du signataire et, inévitablement, je reconstitue ce qui s'est passé.

Le lieutenant Boom, l'un des très nombreux militaires affectés dans les colonies, déjeune à une table de la place de la Corredera. Avec la chaleur qu'il fait ces jours-ci, il a posé sa veste sur le dossier de sa chaise. Le serveur tardant à lui apporter son plat, il entre dans la taverne pour le réclamer, et le délinquant qui dort maintenant dans mon potager n'a qu'à s'approcher de la chaise et emporter la veste.

Ou alors c'est Adrien Boom lui-même qui est allongé au milieu de mes plants de tomates. Alors qu'il regagnait le village, de retour de la préfecture d'Olivenza, son véhicule est sorti de la route de La Parra. L'automobile est tombée dans l'un des petits ravins du cours d'eau et le lieutenant a été projeté contre le pare-brise, dont les éclats lui ont tailladé le visage. Commotionné, il a réussi à s'extraire de la voiture et il a commencé à marcher, désorienté, jusqu'au moment où il a heurté notre barrière. Mais ce ne sont pas des coupures, cela ne fait aucun doute ; ce sont des cicatrices.

Quand je le vois sortir du potager, je vais à sa rencontre. Je lui pose directement la question à propos de la lettre. Je prononce le nom du lieutenant Boom et je désigne même sa veste. Au point où j'en suis, il m'est bien égal d'être discourtoise, d'avoir fouillé dans ses poches, de m'exposer de cette manière. Je me justifie en pensant que, chez moi, je fais ce qu'il me plaît. Il poursuit son chemin, absent, ignorant mes paroles. Je me mets devant lui et il s'arrête enfin. Il ne me regarde pas. Ses yeux flottent librement dans leurs orbites. Il bougent en tous sens sans signification, comme si tout méritait une seconde d'attention ou, au contraire, comme si rien de ce qui l'entourait ne l'intéressait, y compris moi. Le soleil, au zénith, confère du relief aux coupures de son visage. Je ne leur avais pas suffisamment prêté attention. Cordons de peau brune et tendue sous laquelle avance un insecte. C'est un homme sans jugement et sans volonté. Il restera immobile devant moi jusqu'à ce que je m'écarte. Son visage marqué en fait un être répugnant. Je me demande ce que j'aurais fait si, au lieu de cette situation bizarre, je l'avais rencontré la nuit dans la Wipplingstraße.

10.

Après la vision désolatrice de son visage, j'essaie de revenir à mes affaires. Mais qui pourrait se consacrer à ses activités en sachant qu'un fou défiguré paresse à quelques mètres de là ? Mes tentatives sont inutiles. Plus forte que ma volonté, mon imagination vide mon esprit de pensées logiques. Elle m'arrache du présent et je ne suis pas capable de l'arrêter. Je vois les soldats qui les surveillent, mais je ne dessine pas les traits de leurs visages. Ils portent l'uniforme de notre infanterie. Ils ont la stature de Thomas, ce sont des silhouettes redoublées de mon fils, le garçon doux et curieux que je n'ai pas pu retenir. Son innocence blessée est une épine que je ne parviendrai jamais à ôter de ma chair.

Dans l'écurie, j'essaie de me distraire en toilettant Bird. Je passe la brosse sur ses hanches, je palpe son cou tendu, je caresse ses mâchoires. Je lui donne de l'avoine, la paume de la main bien ouverte. Ses yeux sont d'immenses boules foncées aussi indéchiffrables que les yeux de l'homme. Je jette la brosse, je sors de l'écurie et je vais jusqu'au chêne vert.

Il est allongé, le visage dirigé vers moi, les yeux ouverts. Je me penche, j'ouvre la veste, je mets la main dans la poche et je sors la lettre. Le contact avec le papier usé, ses coins polis par le frottement de la toile. Je range l'enveloppe dans mon tablier et je m'en vais.

Une lettre de recommandation. Voilà ce que cet homme conservait dans sa poche. Un document daté d'il y a plus de vingt ans dans lequel le lieutenant Boom écrit au destinataire, un certain Schwartz, que le porteur du document est serviable, efficace, discret et habile de ses mains. Qu'il connaît suffisamment *notre langue* pour comprendre les ordres qu'on lui donne. « Durant le temps qu'il a été à mon service, écrit Boom, il a parfaitement rempli ses obligations. – Et il ajoute : – Je suis certain qu'il vous sera d'une grande aide dans votre ferme. Je prie Dieu que vous ayez la bonté de l'accueillir. »

11.

Je me remémore Thomas quotidiennement. Je ne conçois pas mes journées sans son visage. Cela faisait pourtant un moment que je ne pensais pas à lui de cette façon : comme à un soldat. Je l'ai accompagné à Zafra où il a pris le train pour le front de l'Est, avec quelques autres jeunes. À cette époque, Iosif était en Afrique, en train de combattre les Arabes ou les nègres, peu importe. Ce fut donc à moi, moi seule, d'agiter le mouchoir au milieu des porteurs, des domestiques et des ânes chargés. Au milieu de la foule, mais seule. Jamais, comme au cours de ce retour de Zafra, je n'ai ressenti une telle douleur. La voiture, la compagnie insupportable des autres voyageurs, la sensation angoissante que je ne reverrai plus jamais mon fils.

12.

Pendant le temps que dure le voyage, ils s'arrêtent fréquemment. Ils refont le plein de combustible, changent de chauffeur ou remplacent l'escorte, mais surtout ils sortent des gens du camion ou en mettent d'autres. Ils ouvrent les portes, un officier, parfois un simple soldat, passe la tête et désigne plusieurs prisonniers qui sont obligés de descendre.

Un jour, ils font un arrêt dans une gare de triage entourée de très grands ormes aux troncs blanchis. Le chauffeur coupe le moteur et les captifs, par habitude, se replient vers le fond de la caisse. À cette heure du jour, le soleil, simple promesse encore sous une ligne d'horizon très lointaine, jaunit ce premier ciel pareil à une gouache de cadmium. Les verrous grincent, les portes s'ouvrent et la senteur végétale des terres irriguées flotte en suspension sur les champs alentour sans réussir à pénétrer l'atmosphère dense du véhicule. Les prisonniers qui se décident à regarder dehors peuvent apercevoir les autres camions garés là et aussi les soldats disposés en demi-cercle autour de la caisse ouverte. Ils ne remarquent pas les arbres gigantesques qui s'élèvent au fond. Ils voient bien en revanche, ils n'ont pas le choix, le geste de contrariété de l'officier qui, du dehors, renifle à l'intérieur avec une répulsion et une colère contenues. Il envoie chercher les chauffeurs et l'escorte qui procède à la relève, il les place devant la caisse ouverte, il désigne d'un bras électrisé cette fange d'hommes serrés contre la paroi du fond et il les réprimande vertement devant l'escorte de relève à cause de l'état pitoyable de la cargaison. Les captifs le regardent sans comprendre la raison de sa colère. Sans savoir que les soldats sont tancés en raison de leur aspect lamentable. Et même si certains d'entre eux comprennent la langue de l'officier, il leur est impossible, vu ce qui s'est passé jusqu'alors, d'intégrer l'idée qu'ils possèdent une valeur suffisante justifiant que les soldats se voient infliger une telle humiliation.

L'officiel les incite par des gestes à se mettre debout et, ankylosés, ils se relèvent en s'appuyant les uns sur les autres. Ceux qui sont en première ligne essaient de se glisser entre les corps qui sont derrière eux, mais la densité humaine les en empêche. Ceux du fond grondent, mêlés aux hommes déjà morts qu'ils cachent involontairement à celui qui a inversé le sens de la violence pendant quelques minutes.

Des vêtements sales, des restes de paille, de la boue séchée et un baluchon à moitié ouvert jonchent les planches débarrassées par le repli. Sur ordre de l'officier, les soldats déposent des pains et un bidon de lait au milieu de cette crasse, puis ils referment les portes et frappent fort de la paume de la main sur les panneaux pour que le camion démarre. Les prisonniers, poussière bien misérable, bondissent alors vers l'avant. Quelqu'un crie pour essayer d'imposer un peu de discipline ou éviter d'être piétiné, mais sa voix se perd dans un tumulte féroce où celui qui ne crie pas mord.

Au début, Leva pense que c'est le hasard qui gouverne sa nouvelle vie. Un doigt qui désigne sans raison apparente celui qui monte ou qui descend. Peu importe que l'élu soit vieux ou jeune, originaire d'un pays ou d'un autre. Ils s'arrêtent, pointent du doigt, et les gens sont traînés sur les planches, évacués parfois à coups de pied par leurs propres compagnons de captivité quand ils traînent, tel un corps étranger expulsé par un organisme sain.

Les jours passant, il se rendra compte que ce n'est pas le hasard mais la violence qui a pris sa destinée en main. Seuls demeurent en vie les êtres capables de frapper autrui pour s'approprier sa nourriture, la lui arrachant des mains ou la lui ôtant de la bouche s'il le faut. Demeurent en vie ceux qui supportent de rester debout et ne succombent pas à l'épuisement qui les pousse vers le sol où s'entassent les corps agrégés. Ils grimpent sur eux et lèvent le menton pendant des heures pour attraper le peu d'air présent dans la partie supérieure de la caisse, là où des orifices laissent entrer quelque chose de l'extérieur. Demeurent en vie les hommes qui supportent l'écrasement qui se produit chaque fois que le camion s'arrête et que les portes s'ouvrent. Et Leva est vivant.

13.

Cher lieutenant Boom,

Je m'appelle Eva Holman et je m'adresse à vous pour vous informer qu'est parvenu entre mes mains, d'une manière étrange, un vêtement qui vous appartient je crois. Il s'agit d'une veste de serge foncée avec des boutons d'ébène.

Elle était sur le dos d'un homme dont je ne peux vous préciser l'identité mais que vous reconnaîtrez peut-être grâce à cette description : un mètre soixante environ, cheveux bruns et ondulés, nez aquilin et, plus spécialement, un visage couvert de cicatrices.

J'ai trouvé dans l'une des poches une lettre de recommandation signée par vous, dont j'ignore si cet homme est ou non le bénéficiaire.

Je vous prie de vous mettre en contact avec moi afin de m'indiquer comment procéder, car il n'est pas impossible que votre nom ait été utilisé de façon mensongère.

Mes salutations distinguées,
Eva Holman,
Épouse du colonel Iosif Holman du VIe Régiment de fusiliers de Sa Majesté.

14.

J'ai beau essayer de me rapprocher de lui, de le comprendre, souvent quand je le vois, je ne peux éviter de ressentir de la répulsion à son égard. C'est un homme âgé, mais parfaitement capable de travailler. Il s'est présenté ici, chez nous, muré dans son hermétisme obstiné et il a eu ce que les mendiants, qui auraient perdu toute dignité s'ils en avaient, obtiennent : être nourris par une autre main. Cette main, c'est la mienne. Je la regarde et je n'arrive pas à comprendre comment tout cela a pu arriver. Comment moi, imperturbable jusqu'alors, j'en suis venue à déposer chaque jour devant lui une assiette de bonne nourriture. Moi qui me distrais en tricotant son histoire durant la nuit. Moi qui non seulement le nourris mais le protège. Moi qui ai toujours cru qu'il ne devait pas y avoir de place parmi nous pour les mendiants, les faibles et les lâches. Si nous avons acquis une place hégémonique dans l'histoire, c'est parce que nous avons su expulser les faibles. Un drapeau suffisamment grand pour héberger les peuples du monde. Un seul Dieu véritable. Un seul Roi.

Je le ressens malgré ce que je sais, ou ce que je crois savoir désormais au sujet de cet homme et de ce peuple. Où est ma charité, celle que j'ai embrassée dans ma jeunesse ? Ce que notre patrie attend de nous et ce que notre religion nous enseigne peuvent-ils être compatibles ? L'Évangile ne nous dit-il pas de nous aimer les uns les autres ? Peut-être est-ce ce que je suis en train de faire en prenant soin de lui. Suivre la Parole. Et si telle est ma véritable motivation, de quelle manière dois-je agir pour ne pas enfreindre la loi ? Je me mets en danger et j'ignore pourquoi, comme quelqu'un qui se sent attiré par l'abîme et joue à franchir la ligne séparant la vie et la mort. Être là sans y être, me taire, accueillir, cacher, non seulement me trouble mais aussi me désespère.

Quand je pense à lui en train de travailler cette terre, j'imagine un homme vigoureux et frugal, attaché à ses proches et craintif de son Dieu, qui est peut-être le mien. Je lui attribue les traits d'un modèle, je le sais : noblesse, bon sens, bonté, abnégation, capacité de sacrifice, patriotisme même. Je vois en lui l'un de nos paysans, en définitive. Un de ces hommes qui, par leur travail, nous nourrissent et auxquels nous avons cherché une place appropriée. Un homme mêlé seulement aux siens bien entendu, mais dont nous protégeons les récoltes par nos lois. Loué dans les gazettes de province, méritant des récompenses dans les foires agricoles, ses meilleurs bœufs primés et ornés de rubans de velours tricolores, propriétaire de ses terres d'où il ne doit pas sortir pour son bien et celui de l'Empire.

Pourtant il est là, allongé comme un chien, paraissant avoir renoncé à la dignité qui lui a été accordée parce qu'il est un homme, même ici sur ces terres lointaines. Quoique diminué, il est arrivé bien habillé, mais il a dû rapidement s'allonger par terre, s'encrassant de poussière, laissant ses cheveux s'emmêler et se couvrir de paille. N'est-ce pas l'image de la décadence ? Celui qui cède aux forces de la nature et ne s'y oppose pas, s'abandonnant au contraire aux impulsions et à la chair pour qu'elles le guident. L'homme véritable est celui qui sait renoncer.

15.

Chère Madame Holman,

Merci de vous être mise en relation avec moi, et merci de votre courtoisie. J'ignore de quelle « manière étrange » vous est parvenu ce vêtement qui, d'après votre description détaillée, m'appartient sans aucun doute. Ou du moins m'appartenait.

Je vois d'après l'oblitération du courrier que vous m'écrivez des colonies espagnoles. Si c'est là que ma veste est arrivée entre vos mains, comme je le suppose, je dois vous exprimer mon étonnement car, sauf erreur de ma part, j'ai porté cette veste pour la dernière fois dans une des stations forestières des territoires du Nord où j'ai servi pendant quelques années.

La description de celui qui la portait ne laisse aucun doute. Ses traits généraux pourraient correspondre à de nombreux hommes mais les marques sur son visage et le fait qu'il portait une veste à mes initiales réduisent les possibilités à une seule.

Je ne peux pas non plus établir son identité dans la mesure où durant le temps qu'il fut sous mes ordres, il ne prononça pas une fois son nom. De fait, je n'entendis le son de sa voix qu'en une seule occasion. Quoi qu'il en soit, l'homme que vous avez rencontré m'avait causé une impression certaine. Au point que je rédigeai pour lui une lettre de recommandation dont j'ai l'impression, au vu des années qui ont passé, qu'elle lui fut utile.

Bien à vous,
Adrien Boom,
Lieutenant du Génie en retraite.

16.

S'il est certain que le lieutenant et moi parlons bien de la même personne et si je considère comme exacte cette identification à distance, l'homme du potager a parcouru un long chemin pour arriver jusqu'ici. Le lieutenant l'a clairement reconnu malgré la description que je lui ai fournie, qui pourrait correspondre à la majorité des hommes de ce pays. De fait, ils me semblaient tous identiques au début : des yeux foncés, une peau olivâtre, une attitude renfermée. Ce qui ne laisse aucun doute en revanche, ce sont les cicatrices sur sa figure. Il ne doit pas y avoir beaucoup d'homme avec de telles marques.

Mais que fait-il ici ? Pourquoi n'a-t-il pas fui quand je l'ai menacé avec mon fusil la première fois que je l'ai vu ? Pourquoi son regard n'a-t-il exprimé aucun signe de peur ou de lâcheté ? C'est un fou, un inconscient. Qui se comporte comme un enfant ignorant encore ce qu'est une arme à feu.

Si Iosif avait toute sa tête, je l'interrogerais sur ces exploitations forestières dont le lieutenant parle dans sa lettre. « Une des stations », dit-il. Une parmi quelques autres ? Parmi de nombreuses ? Qui sait.

17.

Dans le bureau de poste militaire, le soldat me salue avec une courtoisie excessive. Il est jeune, peut-être récemment arrivé, en tout cas je ne l'ai jamais vu. Il n'a probablement pas eu le temps d'entendre les histoires qui se racontent à mon sujet. Sur mon caractère « rebelle ». Il vérifie le formulaire de télégramme que je lui ai remis en pointant les petites cases avec son crayon. « Lieutenant Boom. Boulevard Sweitz… », relit-il.

— Il manque un chiffre au code postal du destinataire.

Il me rend le papier et m'indique l'endroit de la pointe de son crayon. Je complète, il le relit et le cachète enfin avant de le déposer dans la bannette avec l'étiquette « départ ».

— Auriez-vous l'amabilité de l'envoyer en urgence ?

— Bien sûr, madame. Il partira aujourd'hui même.

Le bureau est vide. Des encriers sont disposés sur les pupitres en bois placés contre les murs. Dehors, dans la cour de la caserne, les sabots des chevaux résonnent et un véhicule entre ou sort.

— Pourriez-vous l'envoyer maintenant ?

Le jeune homme me regarde.

— Je suis désolé, madame, cela ne m'est pas permis. L'officier des communications est le seul habilité à utiliser le télégraphe.

Le jeune homme bien élevé sait s'adresser à une femme vénérable avec des manières étudiées tout en exécutant rigoureusement ses obligations administratives. Je suis tentée de le convaincre. Je voudrais lui dire : « Nous sommes seuls. Faites-le pour une vieille dame. Personne ne le saura, et je vous en serai très reconnaissante. » Pressée, à nouveau, comme si l'homme du potager allait mourir demain.

— Bien sûr, je concède. Je vous souhaite une bonne journée.

18.

La cloche de l'entrée sonne. Par la fenêtre de la cuisine j'aperçois le facteur derrière le portail. Je lui laisse le temps. Il tourne la tête d'un côté et de l'autre puis il met sa main en visière et regarde vers la maison. Il ne me voit pas. Il sonne à nouveau et il attend. Il fouille dans son sac et en sort une enveloppe. Il l'accroche à un ornement ouvragé de la grille et repart. Je vois sa tête qui dépasse au bout du muret, juste au-dessus du potager. Il cherche l'homme dont la présence ici est sur toutes les lèvres, apparemment.

Je me sèche les mains pour aller chercher l'enveloppe tout en songeant à ce qui doit se dire sur mon compte dans le village. J'imagine les femmes réunies dans l'une des demeures de la rue Nueva, buvant du thé froid, énumérant mes bizarreries ou critiquant cette obstination à vivre à l'écart des autres qu'elles attribuent à moi seule, sans nul doute. Ces commérages sont désormais confirmés par le scandale d'un de ces hommes vivant sur nos terres. « Caché », diront-elles, et à juste titre.

À en juger par le poids de l'enveloppe, le lieutenant s'est montré généreux quant aux renseignements que je lui demandais. « J'ai besoin de votre aide. Stop. Veuillez m'envoyer des informations sur l'homme de la veste. Stop. Possible relation avec la mort de mon fils sur le front du Nord. Stop. Reconnaissance éternelle. Stop. Eva Holman. »

Je me demande à quel appât il a mordu, mon fils soldat, le mystère relatif à la façon dont sa veste est arrivée entre mes mains, ou simplement le final ronflant de mon message : épouse du colonel Iosif Holman du VIe Régiment de fusiliers de Sa Majesté. De façon générale, le rang exerce un effet cathartique sur les militaires. Combien d'hommes aguerris et autoritaires d'ordinaire ai-je vu se liquéfier en présence d'un supérieur, particulièrement devant Iosif, dont le palmarès provoque un telle terreur, je suis bien placée pour le savoir, chez ses ennemis comme parmi ses subordonnés.

19.

Depuis que j'ai reçu la longue lettre du lieutenant Boom, je n'ai plus pu penser à autre chose. Tout ce qui me paraissait jusqu'alors arbitraire et décousu chez l'homme du potager s'organise dans mon esprit. Il ne reste pas allongé la poitrine et le visage collés contre la terre par hasard. Il y a une signification à cette habitude qui le pousse à passer toute la journée à l'ombre du chêne, ou entre les carrés du potager. Il ne sort de la propriété que pour faire ses besoins je suppose, puisqu'il n'y aucune trace de saleté, hormis celle de son propre corps et des vêtements qu'il porte.

Bien entendu, personne d'autre que moi ne cherche un sens à cette routine. Iosif, de son côté, me harcèle avec ses ordres. « Tue-le, m'a-t-il dit aujourd'hui. Si je pouvais tenir le fusil, je lui éclaterais la tête à ce fils de chien puant. » Je me suis montrée aussi distante que j'ai pu. « Il va te violer », a-t-il dit, et j'ai alors laissé tomber le verre d'eau que je lui apportais sur le plancher du perron, et j'ai couru me réfugier à l'arrière de la maison, loin de lui.

20.

Je mets un certain temps à le lui demander. Tout un après-midi à chercher la manière de le faire. En d'autres circonstances, le minimum de décence m'aurait empêchée d'aborder quelqu'un, un inconnu de surcroît, de manière aussi directe. Je m'étais pourtant déjà adressée à lui de façon agressive. Mais maintenant, je connais des choses de lui dont il ignore que je les sais. De telles atrocités qu'elles lui feraient même du mal à lui, un être diminué, complètement absent dirait-on.

Je transporte une chaise du perron jusqu'au chêne vert. Je la pose à un pas de son corps étendu et je m'assieds. Cette fois, j'ai besoin de voir son dos, pas son visage balafré. Il est allongé sur le côté et il se sert de ses deux mains comme d'un oreiller. Il respire régulièrement sous les branches de l'arbre qui ont l'air de gonfler sous la brise de l'après-midi, comme sa veste.

Je lui parle de la scierie, de la créosote et de l'enclos des prisonniers. Je lui parle de sapins, de haches, et de la maison des officiers. Du campement avancé, des baraquements. Je dis Boom et je répète plusieurs fois le nom et le rang, mais il ne bouge pas. Je continue durant des heures. Parfois je lis des pages entières de la lettre du lieutenant. Je me dis qu'en lui rappelant la façon dont il s'est tailladé le visage, j'arriverais peut-être à le faire réagir, mais je ne suis pas prête à aller jusque-là.

Alors, tard dans la nuit, je lui parle de la neige. Non que je veuille provoquer en lui une quelconque réaction. Simplement, je suis assise depuis des heures derrière lui, à lire, à penser à voix haute, à mélanger mes absences aux siennes. Désireuse de sentir que pour la première fois depuis de nombreuses années, de toute ma vie peut-être, quelqu'un m'écoute. Je lui dis que j'imagine à quel point cela a dû être surprenant pour lui, un homme capable de passer la journée sous le soleil d'Estrémadure, de voir tomber les premiers flocons. Je m'apprête à évoquer les hivers au pied du Daubenhorn, les skis de bois poli, quand il se retourne.

21.

En vérité, on ne peut pas dire que nous nous parlons. Il confirme plutôt, ou dément, des détails de ma version, celle que j'ai pu construire grâce au récit du lieutenant Boom et de ses maigres apports à lui.

Il laisse entendre qu'il ne sait pas combien de temps il est resté dans le camion. « Nous pourrions le calculer », lui dis-je. Je vais dans la maison et j'en reviens avec un volume de l'Encyclopédie. Je lui montre une carte dépliable de l'Europe. « Là ? – je lui pose la question en pointant du bout du doigt une zone au Nord. Vous diriez que c'est dans cette région ? » Il ne regarde ni le doigt ni la carte, mais le livre. Tout le livre, comme s'il en voyait un pour la première fois. Comme s'il était le seul homme, et ce volume, le seul livre. Un enfant.

C'est mon père qui m'a offert ce stylo-plume quand je me suis mariée. Je n'ai jamais pu lui confier que de toute ma dot, c'était le cadeau le plus cher à mon cœur, plus que les livres, les tableaux et même les propriétés. Il m'a sauvée de Iosif et de mes démons.

Avec lui, j'ai complété la vie avortée de Thomas. Avec lui, j'écris à présent que le camion s'arrête définitivement au milieu d'une prairie coupée en deux par une rivière pierreuse. Je l'imagine au fond d'une large vallée entourée de versants doux et boisés aux contours ondulants. Au-delà des forêts, très loin, la terre s'achève en pointe, dressée en sommets calcaires et stériles. Colonnes soutenant le firmament. Des cumulus blanchâtres progressent régulièrement dans le ciel et leurs ombres se traînent dans la vallée, noircissant à part égale les forêts, les pâturages et les œuvres des hommes.

Au cours des dernières vingt-quatre heures du voyage, le camion ne s'est arrêté que pour faire le plein de carburant et changer de chauffeur. Les soldats n'ont pas ouvert la caisse ni jeté dedans de la nourriture ou de l'eau, comme s'ils avaient subitement reçu l'ordre d'arriver le plus tôt possible à destination.

Un lieutenant à la tête d'une demi-douzaine d'hommes accueille le camion, et après avoir salué les chauffeurs et l'escorte, il donne l'ordre d'ouvrir la caisse. Les soldats qui actionnent les portes n'entendent aucun bruit à l'intérieur. On dirait qu'ils s'apprêtent à inspecter un véhicule rempli de quartiers de bœuf prêts à être revendus sur le marché. Les soldats, aux prises avec les crémones tordues à force de heurts, ne s'en sortent pas, et c'est un des membres de l'escorte qui débloque le système de fermeture de deux coups de crosse bien placés. Lorsque les deux battants s'ouvrent enfin, une lumière diamantine pénètre violemment dans la caisse, pareille à l'eau d'un barrage lâchée d'un coup. Une lumière d'une autre nature que celle qui a lacéré la rétine des prisonniers au cours des journées précédentes. Plus transparente peut-être, plus brillante, plus pure.

Le lieutenant et ses hommes agissent de plus en plus lentement à mesure qu'ils découvrent l'intérieur de la caisse. Certains sont horrifiés. D'autres, les plus endurcis, apathiques. Le lieutenant est contrarié, sans plus. Se disant : « Ce n'est pas ce que j'ai commandé. Ça n'est pas conforme. Ça ne me sert à rien. » L'officier se pince l'arête du nez et pose ensuite ses doigts devant sa bouche.

Il cherche une issue à un tel désastre. Il songe à admonester les soldats de l'escorte qui le regardent à une certaine distance, les épaules voûtées, la barbe bleuissant leur menton après de nombreuses heures de voyage ininterrompues. Le regard trouble, comme si leurs yeux flottaient sur des poches de peau chargées de fatigue accumulée. Plus d'horreur dans leurs pupilles. Seulement de la lassitude.

Il envisage la possibilité de faire appeler le chef de camp pour qu'il se charge de la situation et atteste de l'état dans lequel arrivent ces hommes. Mais il suppose qu'à cette heure de la journée, le chef doit être perdu au milieu de la forêt à humer des petites fleurs et à prendre des notes, et il décide de résoudre lui-même le problème.

22.

« Des morceaux de viande. » Il l'a dit clairement, sous l'ombre épaisse du chêne vert. Ce sont ses paroles.

23.

Seule la demi-douzaine d'hommes encore plus ou moins capable de bouger répond à l'ordre du lieutenant qui hurle sur les captifs et agite les bras pour leur indiquer de sauter. Ils sortent lentement, surmontant leur engourdissement intense, en équilibre sur les corps tombés ou rampant sur eux. Lorsque plus personne ne réagit aux cris du chef, les soldats montent et piquent les hommes avec leurs baïonnettes. Les rares qui se manifestent sont sortis de là et allongés sur l'herbe où ils se tordent dans des postures grotesques, tels les habitants de Pompéi surpris par la lave bouillante.

Dans le fond de la caisse, Leva, couvert de bras et de torses inanimés, entend les cris du lieutenant. La rétine blessée, il voit les soldats monter. Leurs silhouettes se profilent, réverbérantes, sur la clarté resplendissante du dehors, mais, anéanti par la soif et l'épuisement, il ne comprend ni qui ils sont ni ce qu'ils veulent. S'il avait pu, il aurait dit que ces formes stroboscopiques étaient des âmes du purgatoire, ce territoire intermédiaire et confus où tout est possible.

Il n'arrive pas non plus à comprendre ce qui se passe quand on lui enfonce la pointe de la baïonnette dans la cuisse. Il grogne, c'est tout, et il est immédiatement traîné et tiré de là, jeté à côté des autres sur un tapis vert et mouillé qu'il ressent comme un espace lumineux et aéré. Son corps, inespérément délivré du contact des autres, des cahots et de la paralysie. Un éden.

Ils restent là, inoffensifs et libres, jusqu'à ce que quelqu'un leur apporte de l'eau. Quand il sent le liquide couler sur sa chemise, Leva reprend en partie conscience et s'accroche à la timbale qu'il presse contre sa bouche et lève pour ne pas perdre une seule goutte. Il distingue alors le visage de celui qui la tient : l'homme lui est complètement étranger et il ne le remercie en aucune façon de lui avoir donné à boire.

Ils mangent dans un seau au fond duquel les soldats ont jeté des croûtes de pain. Ils se bousculent pour pouvoir plonger la main dans le récipient et quand ils ont leur poignée ils s'écartent pour avaler leur pitance, comme les chats quand on tue le cochon.

Les prisonniers, une bonne douzaine de gueux, ont le temps d'observer l'endroit où ils sont arrivés. La prairie, les sapins, la rivière sonore et, en face d'eux, la route qui les a conduits jusque-là et qui continue le long d'une butte, de l'autre côté du cours d'eau où elle se perd entre les arbres. Sur la hauteur s'élèvent des miradors entourés de barbelés, avec des sentinelles, et les toits de deux bâtiments : une grande maison et une construction allongée surmontée d'une haute cheminée en briques. La fumée qui en sort, un filet foncé, ralentit sa course à mesure qu'elle s'élève, avant de se disperser dans l'air cristallin.

Ils auraient aussi pu profiter de ce moment de calme pour se regarder mutuellement, mais chacun d'entre eux sans exception sait comment il a fini là, dans l'herbe et pas dans le camion toujours ouvert et rempli à quelques mètres d'eux. Leva, comme les autres, ressent la honte dans leurs regards fuyants, et il cache aussi la sienne au fond de sa poitrine. Aucun d'eux ne suspecte que cette pudeur, celle qu'un homme juste et bon n'aurait pas ressentie, s'amenuisera au fil des semaines et des mois jusqu'à devenir insignifiante. Si l'un d'eux est ici destiné à survivre, il le fera en se métamorphosant.

Fatiguée, je pose la plume sur la table et je m'approche de la pénombre extérieure. Dehors, tout est tranquille. Je repense au lynx que j'ai cru entendre la première nuit, ou, pour être exacte, à l'intrus, car telle était ma première crainte. Je me remémore cette rêverie confuse, cette espèce de *golem* que sont les peurs. Quelle forme prenait en moi cette menace ? De quelle manière imaginais-je alors celui que je guettais ? Bien entendu, il ne ressemblait pas à l'homme émacié dont l'histoire m'habite aujourd'hui. Indépendamment de sa taille ou de la couleur de sa peau, le plus terrifiant pour moi était le regard que je lui prêtais : des yeux jaunâtres et secs, comme du vieux marbre. Pas très différent, en tout cas, de ceux que j'ai rencontrés chez l'homme qui dort en ce moment dans mon potager.

24.

Iosif m'a traînée jusqu'ici, mais maintenant c'est moi qui y reste. Quand il a été à la retraite, puis ensuite compte tenu de la détérioration de son état, nous aurions pu retrouver notre patrie, la vie de salon. Les vernis translucides qui rehaussent la noblesse des meubles en palissandre. Le timbre puissant et sonore des violes de Crémone. Les chemins de table ornés de fleurs de grenadier, de jasmins et d'épis séchés. Les plats de viandes artistement découpées, les desserts fins, les vins vieillis dans les meilleurs fûts du continent. La beauté et le raffinement des esprits les plus élevés et subtils. Mais nous sommes ici, je suis ici, face à cet homme humilié. Face à cette ombre inquiétante dont j'ai accepté la présence.

Je me souviens du jour où j'ai embarqué à destination du port de Séville. Je me rappelle l'humidité de la brise marine, sa fraîcheur et l'odeur de fruits de mer. Je me rappelle mon rêve d'alors. Je partais, transportée d'amour, vers les nouvelles colonies espagnoles. Dans les territoires où mon fiancé avait servi avec honneur et bravoure. Vers un coin du continent qui vibrait en moi comme Shimla, Zanzibar ou Suez. La grandeur de notre culture, mais baignée par la lumière resplendissante du Sud, tempérée par un climat doux, tellement éloigné de nos durs hivers. Dans cet endroit, tout avait été préparé pour nous loger. Jeunes, cultivées, filles ardentes de la patrie qui courions rejoindre nos époux prometteurs. Ce village était le cadeau, le prix pour une jeunesse consumée dans la bataille là où l'Empire l'exigeait.

Notre navire amarra dans le port de Cadix et, guidées par des cadets, nous fûmes transbordées sur une goélette fine et galante sur laquelle nous remontâmes le Guadalquivir jusqu'à Séville. Je me souviens de Iosif qui m'attendait, debout sur le quai de la Sal. Je ne l'avais pas revu depuis deux ans. Nous allions nous marier en Espagne. Nous allions entamer une vie heureuse sur une terre bénie. Notre endroit à nous sur cette terre.

Je n'avais jamais pensé alors qu'il me faudrait vivre un moment comme celui-ci. Assister à l'explosion de mes propres certitudes, peu nombreuses mais tellement solides. Avec la mort de Thomas, Dieu sombra lui aussi. Il ne me servit à rien alors, dans le moment le plus triste de ma vie. Il ne vint pas à mon secours, il ne me réconforta pas. Il me fut tout simplement impossible de le rencontrer au milieu des fumerolles qui s'élevèrent après la bataille. Et la patrie, ce soutien, avec ses mythes et ses illustres hommes héroïques. Pure morphine pour nous séparer des autres, qui sont aussi des hommes, dont la soumission me fissure à présent. Je me laisse tomber en comprenant que seule la douleur nous rend frères. Le poids de ma conscience, mon humanité, m'invite à me recroqueviller à côté d'eux sur l'herbe fraîche. Et, comme un des leurs, à voir approcher sur la route l'homme qui les sortira de là, le lieutenant qui, un moment auparavant, a ordonné qu'ils sortent du camion. Quand il arrive, les soldats se mettent au garde-à-vous et l'officier s'adresse au caporal. Celui-ci hurle aussitôt et les soldats entourent les prisonniers, les poussant avec le canon de leurs fusils pour qu'ils se lèvent et marchent jusqu'à la butte.

À mesure qu'ils montent, ce qu'il y avait de l'autre côté, et qu'ils n'avaient pu que deviner, se révèle progressivement à eux. En premier lieu, le long bâtiment surmonté d'une cheminée ; un étage, des combles et un toit à deux versants, un passage voûté en plein cintre à une extrémité et une grande porte en bois sur le flanc, qui ouvre sur la route où ils avancent. À côté, une grande bâtisse, et derrière eux une clôture en fil de fer barbelé avec, dans les angles, des tourelles formées par des pieux assemblés ; à l'intérieur, un alignement de baraquements tellement bas que Leva a l'impression qu'ils sont enfoncés dans le sol. Plusieurs prisonniers les observent de l'autre côté des barbelés. Derrière la clôture, une clairière qui s'étend en amont, et plus loin, les premières pentes déboisées.

Ils continuent de marcher en direction du pont. L'air frais ventile leurs vêtements infects. Un air chargé de senteurs herbeuses que Leva commence à

apprécier à présent qu'il émerge de l'engourdissement provoqué par les longues journées de voyage
au milieu des excréments et des cadavres.

Des hommes comme des bêtes sauvages, enfermés
derrière des barbelés et surveillés par des soldats.
C'est ce qu'ils ont aperçu de l'autre côté des bâtiments.

25.

Dormir de plus en plus à mesure que la fin de la vie approche, je l'ai vu chez d'autres, et peut-être cela m'arrivera-t-il aussi à moi. Je passerai de sept à neuf heures de sommeil, et ensuite à quatorze, et ainsi de suite jusqu'au jour où mes yeux ne s'ouvriront plus. J'entrerai endormie dans la mort et je me réveillerai ailleurs, fraîche et définitivement reposée. Enveloppée d'une peau à nouveau lisse et lumineuse. Thomas m'accueillera avec le sourire, enfant et jeune homme à la fois. Tout en lui sera lumière et noblesse. Sans peur.

Tel est le tableau désiré, mais ce n'est pas le seul dont je dispose. Je mourrai seule, loin des autres, dans ce lit que je partage avec Iosif. On ne me trouvera que plusieurs jours après. Mon fils, angoissé, essaiera d'écarter de moi les insectes, mais ses mains translucides seront impuissantes à le faire. Un Thomas iridescent, incapable de me protéger.

Quoi qu'il en soit, je ne conçois pas de mourir avant d'avoir résolu l'énigme que la vie a mise entre mes mains. Ce que je pressens dans sa prostration ne concerne pas l'homme du potager, ni mon consentement contre nature, ni mon immobilisme, ni les questions et les reproches. Ou pas seulement. C'est moi qui commence maintenant à me rendre compte, alors que je ne le devrais pas, que j'ai vécu la vie de quelqu'un d'autre. Je le constate, plutôt que je ne l'éprouve, comme une révélation. Le cours des événements a été disloqué et c'est à moi qu'il revient de réduire cette fracture. Continuer d'emprunter jusqu'à la fin un chemin qui me paraît désormais illégitime est une possibilité. L'autre, faire face avec franchise à ce qui me reste de vie, m'atterre.

Je sens que ce désarroi pourrait être ce que Iosif évoquait paternellement sous le terme de « nerfs ». « Une affaire de femmes », disait-il avant de se replonger dans son journal. Et je me le répète maintenant. Je m'interroge, plutôt. Au début, je l'assumais moi aussi naturellement. Une sensibilité qui nous brise sans prévenir et rend notre nature incompatible avec la retenue et la décence morale. Une espèce de maladie dont les symptômes font de nous soudainement des êtres vulnérables. Folies passagères ; enfermement, eaux thermales, sang, iode, fumigations. Ensuite, peut-être à mesure que Iosif déclinait et que sa voix ne tonnait plus, je me suis rebellée contre cette idée. Ce n'était pas les nerfs, mais une exposition, un dévouement même à une dimension de la réalité plus profonde et douloureuse que celle jamais observée chez un homme. À présent je devrais peut-être donner raison à Iosif, en définitive, et admettre que ce doute qui me paralyse est une affaire de femme. Lui aurait évidemment jeté l'intrus dehors le premier jour, et à coups de pied et de poing. Il aurait pu même lui tirer dessus et attendre tranquillement la patrouille en buvant un verre de xérès. Iosif n'aurait jamais ressenti mes doutes parce qu'en bon soldat il aurait écrasé l'ennemi bien avant que celui-ci puisse réunir l'armée d'innocents qui se lance maintenant contre moi.

26.

Il agite un doigt devant mon visage en me racontant que l'un d'eux était encore vivant quand ils l'ont brûlé. Il met une main devant ses yeux pour les fermer ; elle tremble.

Il me fait comprendre qu'ils marchent sur un sentier, derrière le camion, suivis par les soldats de l'escorte. Ils remontent la vallée lentement tels des saumons préhistoriques, et la montagne leur dévoile progressivement ses zones dévastées. « Chauves », dit-il. Le camion avance avec la caisse ouverte. Le bras d'un des prisonniers pend à l'arrière, raidi, remuant au rythme aléatoire des cahots.

Quand ils abandonnent le chemin pour avancer dans les prés, la cheminée est encore visible, au sud. Elle fume sans discontinuer, rompant la pérennité du ciel. Les gros cerceaux de fer entourant les parois en briques sont désormais de fines lignes obscures rayant la tour carrée.

Dans sa marche, le véhicule laisse derrière lui deux bandes d'herbes écrasées que suivent les captifs et leurs gardiens. Ils avancent ainsi un bon moment, formant deux colonnes au fond de la vallée qui, contrainte par la rivière, s'incurve vers l'est telle une lune verte. Ils arrivent à un endroit où le pré s'étrécit, envahi par un rocher escarpé. Ils le contournent et retrouvent un large vallon où ils entendent pour la première fois les coups de hache en bordure des pâturages, là où démarrent les pentes. Des équipes travaillent tout le long de la ligne d'abattage.

Au contraire du sergent, les prisonniers ne manifestent pas de répulsion devant la forte odeur de décomposition qui émane du camion, car cette pestilence leur appartient en partie. Le premier corps qu'ils en sortent est celui d'un homme aux cheveux bruns. Celui dont ils ont vu la main osciller pendant le voyage jusqu'à ce lieu. Le cadavre ne fait presque aucun bruit en heurtant l'herbe odorante du pré, et le peu de poussière qu'il soulève est celle contenue dans ses vêtements. Les suivants sont deux garçons, puis un vieillard. Son béret est tellement enfoncé sur son crâne qu'il cache presque ses yeux, et un chapelet argenté est enroulé autour de sa main. En tombant sur les jeunes, il roule sur un côté et le bras qui tient le rosaire se tend en direction des soldats. L'un d'eux s'approche, écarte ceux qui travaillent et, se couvrant le nez et la bouche de la main, il enlève le chapelet. Puis il regagne sa place et le montre à ses compagnons qui l'examinent comme des enfants curieux.

Un tas se forme peu à peu, qui finit par atteindre la caisse du camion et sur lequel les cadavres glissent n'importe comment. Des confins de la vallée leur parvient toujours le bruit des haches contre le bois. Rien entre les hommes et le ciel profond. À la rigueur, d'aromatiques cheveux sylvestres poussant sur la couche fertile.

Lorsque le camion est à moitié déchargé, ils ont droit à quelques minutes de pause, et chacun se laisse tomber là où il est. C'est-à-dire, pour Leva, près du corps d'un homme qui devait être fort mais qui gît maintenant à ses côtés maigre et affaissé. Il a des doigts noueux, et des touffes de poils cassants lui sortent des oreilles. Le mort regarde le ciel, les pupilles déjà voilées par la sclérotique gélatineuse. Leva ne pense pas à ce qu'il fait. Il tend un bras et ferme les paupières qui glissent sur les globes oculaires. Les soldats fument à l'écart du monceau puant, interposés entre la brise et la mort. Les captifs se voûtent, vaincus par la fatigue, certains allongés sur l'herbe. Personne ne voit Leva fermer les yeux de cet inconnu, mais s'il avait dû l'expliquer, pas un des soldats n'aurait compris la nécessité de respecter un tel moment. D'enseigner, dans un corps à corps, une liturgie susceptible d'ouvrir les portes d'une mort moins dépourvue de sens à ces malheureux. À ces hommes et ces garçons arrachés à leur maison et emmenés jusqu'à ce lieu reculé. Décédés dans l'obscurité d'un camion bondé et déposés à présent sous un ciel absent pour pourrir au milieu d'inconnus. Loin de leurs ancêtres.

Le corps de l'enfant est un des derniers à apparaître. Il est tout au fond de la caisse, dans un coin, minuscule parmi les hommes, enveloppé dans un caban foncé d'où ne sortent que des doigts pâles. Il aurait pu finir à la poubelle, confondu avec les vêtements jetés et les bricoles avec lesquelles les prisonniers étaient montés dans le camion. Un homme seul le sort de là, et le porte dans ses bras jusqu'au bord de la caisse. Il descend précautionneusement et le dépose sur l'herbe. L'enfant porte un slip, c'est tout. Des bras en fils de fer et des genoux comme des nœuds de vigne. Il a des égratignures et des coupures sur tout le corps, et le ventre gonflé, et il lui manque des lambeaux de chair sur un mollet.

27.

Est-ce lui qui a posé les tuiles de la remise à outils que nous avons transformée en écurie ? Ou pire, son père ? Qui des deux fit forger les croisillons qui servent de grillage ? Combien de générations avons-nous salies ? En regardant sa silhouette s'assombrir contre le soleil au déclin je me demande pourquoi je n'ai rien voulu voir. Nous venions dessiner les plans d'un jardin, planter des roses, des chrysanthèmes et même des orchidées, ici, où il n'y avait que des cailloux. Il manquait nos parfums à ce terrain brous-sailleux. Il n'y avait pas de prairie, et il n'y en a toujours pas, terre obstinée, mais nous avons pallié son infortune, sa barbarie ancestrale, à l'aide de haies touffues, bien taillées, bien alignées, bien compactes. Nous leur avons apporté nos tapis épais, tellement moelleux qu'en comparaison le sparte de leurs pail-lassons ressemble à des scories de fonte. Et que dire des marqueteries qui ornent les faux plafonds et occultent désormais les voûtes blanchies à la chaux des maisons du village.

28.

Ils voient le bûcher brûler à une certaine distance, sans savoir que cette odeur restera tatouée à jamais en eux. Le feu crépitant encercle la masse disloquée, caramélise les peaux et les vêtements jusqu'à les faire fondre. Leva détourne les yeux, mais dans son esprit seules flottent tels des brandons les jambes mordues de l'enfant. Un enfant qui d'une certaine manière est aussi son fils.

Le tas brûle toujours tandis qu'on les oblige à nettoyer la caisse du camion avec des brosses de crin et des seaux d'eau. Ils sont à genoux, et beaucoup ravalent leur morve, incapables de faire une place dans leur esprit à une cruauté d'une telle ampleur, débordés par elle, défaits. La fatigue seule les empêche de devenir fou, et aussi la brutalité avec laquelle les événements se succèdent.

Ils reviennent au camp laissant derrière eux ce tas de charbonnaille noircie et fumante. Leurs gardiens voyagent dans la caisse ouverte du camion, debout ou assis, les jambes pendantes. Les prisonniers suivent en procession, marchant ou trottant selon le caprice du conducteur, qui effectue de petites accélérations lorsque le terrain le permet.

Quand ils atteignent le chemin, il reste encore deux heures avant la tombée du jour. Quelques équipes marchent déjà en files pour regagner les baraquements après leur journée d'abattage. Ils intègrent la colonne, rejoints jusqu'à proximité du camp par des hommes de plus en plus nombreux venus des versants voisins, qui marchent à leurs côtés.

29.

Il fait encore nuit noire quand je suis réveillée par un remue-ménage d'ustensiles ménagers. Iosif dort sur le côté ; il me tourne le dos et respire comme un soufflet de forge mal fixé.

Les bruits proviennent de la cuisine. Casseroles, tintements et pas traînants. Je tends l'oreille et je finis par distinguer son souffle impénétrable. Ce ne peut être que lui. Qui d'autre oserait entrer dans la maison en pleine nuit ? Je l'imagine en train de chercher des couteaux dans les tiroirs et je sens que le moment est venu de payer pour mon imprudence. Nous allons être massacrés par ce criminel déguisé en mendiant. Les mythes coloniaux ressurgissent, ceux qu'on nous a racontés depuis notre petite enfance.

Nous nous rendons dans ces coins reculés de la planète et nous nous y établissons, dans les déserts ou les jungles, peu importe, comme si nous continuions à vivre sur nos terres. Au départ, nous éblouissons les indigènes par nos pacotilles et ils nous apportent du café et du manioc. Plus tard, on leur demande de nous guider par la main jusqu'à la roche où ils extraient le métal avec lequel ils perforent leurs oreilles. Puis nous installons là-bas des machines, des contre-maîtres armés de fouets, et les indigènes ne sortent plus pour caresser nos peaux blanches. Alors un brave ou un sorcier s'introduit dans une maison à la déco-ration néogothique, il traîne le chef de famille dehors et le démembre à coups de machette. Nous avons tous un jour imaginé un nègre en train de mordre dans les entrailles de notre père. Il se tient à côté du corps étripé et porte à sa bouche une masse sanguinolente qu'il retient avec ses dents pendant qu'il taille dans la chair avec un tranchant grisâtre, très près de ses lèvres. Moi aussi. Et je crois que notre heure est désormais arrivée. Le mythe s'est incarné dans cette maison, il conspire dans notre propre cuisine. Il choisit un couteau, pas le plus aiguisé, pas le plus grand, mais le mieux adapté à la main qui doit nous égorger.

Je me redresse prudemment et j'appuie le dos contre la tête de lit. Je prends le fusil posé entre le matelas et la table de chevet. Il est froid et la noirceur du canon se distingue à peine dans l'obscurité de la chambre. Je l'attrape fermement, mais en réalité ce n'est pas moi qui le fais. Je ne sais pas tuer un homme, même le sauvage qui vient maintenant pour nous faire payer le prix de sa vengeance. Un geste auquel je ne trouve que de bonnes raisons car, en fin de compte, j'ai moi aussi vécu en méprisant ce peuple. Des misérables, sales et mesquins, qui ne méritent pas l'air qu'ils respirent. Je m'assieds dans le lit, l'arme dans les bras, et j'essaie d'anticiper. Je marcherai pieds nus là où je sais que le plancher est en bon état et ne grince pas. Je sortirai dans le couloir, et je déciderai alors quoi faire. Entre-temps, à défaut de courage, j'imagine le moment où je le verrai apparaître à la porte, le couteau à la main, prêt à faire couler le sang. Et là, dans ce chaudron violent où bouillent les instincts, où les paroles ne sont pas nécessaires, et encore moins les raisons, je trouverai la force d'appuyer sur la gâchette et d'en finir avec lui.

Silence dans la cuisine. Seulement Iosif, et un craquement du bois de la maison que le froid de la nuit contracte. Je saute du lit et, debout, je vise la porte de la chambre. Je marche en traînant mes chaussettes sur le sol, évitant le plus possible la lame traîtresse, et quand je suis presque à la porte, je vois son visage émerger de l'obscurité et approcher. Je ferme les yeux et je tire.

30.

J'harnache la jument avant l'aube et je me mets rapidement en chemin. J'aimerais que l'animal avance au rythme des battements de mon cœur, mais à cette heure-ci, il serait inutile de l'exciter. Elle connaît bien le sentier, ses marches profondes, les pierres isolées, les branches des amandiers et les figuiers qui l'envahissent.

Au château, un caporal de la Garde me conduit au dispensaire, de l'autre côté de la cour de la caserne. Il frappe à la porte, doucement d'abord, fort ensuite. Je lève les yeux vers le donjon qui s'élève, imposant et austère, à l'une des extrémités du mur d'enceinte. Les contrevents sont clos. La dernière chose que je souhaite est que le consul me voie ici à cette heure.

Le docteur Sneint ouvre la porte en vêtement de nuit. Nous l'avons réveillé et il tarde à me reconnaître.

— Il est très tôt, Madame Holman. C'est le colonel ?

— Oui. Il a passé une nuit horrible.

Il fait signe à mon accompagnateur de partir et à moi d'entrer. C'est un homme corpulent aux cheveux blancs et au menton proéminent où la barbe paraît toujours sur le point de pousser.

— Accordez-moi une minute.

— Faites vite, s'il vous plaît.

Il s'arrête, me regarde et me rappelle d'un geste qu'il est en vêtement de nuit. J'acquiesce, effrayée.

Je l'entends aller et venir dans la pièce voisine et j'observe les étagères du dispensaire. Des rayonnages que je l'ai vu remplir au fil des années. Je revois le dos des ouvrages : *Hermès Trismégiste*, *Théogonie*, *Chansonnier d'Uppsala*, *La Guerre de Spartacus*. Les livres se mêlent à une grande quantité d'objets. Des silhouettes humanoïdes, certaines ornées de perles de couleur. Une Vénus sans bras en terre cuite. Des petits totems, des représentations rituelles et même le crâne réduit d'un être humain. Les ustensiles champêtres et locaux abondent : un crochet sculpté avec lequel les muletiers attachent le chargement sous le ventre des mulets, des récipients fabriqués en liège, une sorte de cloche en verre et surtout des os d'animaux. De minuscules têtes de mustélidés et de rongeurs aux architectures délicates et aussi l'exotique et luxueux museau d'un poisson-scie.

Une traînée de sang comme passée à la brosse court le long du couloir. Je vais dans la chambre à coucher où l'odeur d'urine est très intense. Iosif est toujours dans le lit. Le docteur Sneint, qui me suivait, est resté à la porte, essayant de comprendre ces traces de sang. Je lui demande d'attendre là. Je ne veux pas qu'il respire l'odeur de la pièce. J'ouvre les volets ainsi que la porte de la cuisine pour créer un courant d'air. Quand je passe à nouveau dans le couloir, je croise le regard décontenancé du médecin. « Je vais vous expliquer. Suivez-moi. »

Dans le jardin potager, il évalue rapidement l'état de l'homme étendu devant lui. Il me demande d'apporter une paire de ciseaux, de l'eau et de la gaze. Je reviens avec une bassine qui tremble entre mes mains, l'eau se renverse malgré moi. Sur le chemin, je me rends compte que je n'ai même pas vérifié si l'homme était toujours en vie. L'eau que j'apporte pourrait tout aussi bien servir à nettoyer un cadavre.

Le médecin découpe son pantalon en partant du bas, jusqu'à la taille, et découvre une jambe à la peau laiteuse. Il nettoie le sang. « Il a eu de la chance, me dit-il. Celui qui a tiré aurait pu le tuer, mais il n'a été atteint que par quelques plombs, sur le côté de la cuisse. – Il me regarde – Par chance, ce n'était pas un bon tireur. » Je baisse la tête.

31.

J'ai dû mentir au docteur Sneint pour qu'il vienne au secours de l'homme du potager. Je sais qu'il serait venu même si j'avais dit la vérité car, au-delà du serment prêté, c'est une bonne personne. Mais là-bas, au château, aussi près du consul, je n'ai pas osé. Le caporal aurait perçu la moindre réaction bizarre du docteur et la nouvelle de ma présence en ces lieux serait immédiatement parvenue aux oreilles du consul.

« C'est imprudent de garder cet homme ici », me dit-il quand il a terminé son travail. Je baisse à nouveau la tête, honteuse, et je lui demande de m'accompagner sur le perron où je lui offre un siège. Je lui sers du vin, des amandes crues et des figues sèches que nous mordillons, plongés chacun dans notre monde comme des jeunes gens au début d'un flirt.

Je fais mon possible pour lui livrer un récit véridique, consciente que ce que j'affirme savoir de l'homme est le fruit d'un songe, en partie. Un territoire créé par moi et posé ensuite, comme une plaque de gélatine ductile mais déformante, sur cette terre que nous foulons. Il m'écoute en buvant des gorgées de vin, se versant à boire lui-même depuis un bon moment, et quand je termine, il ne reste plus ni amandes ni figues dans les jattes.

Lui les appelle ouvertement des « camps de travail ». Pas des exploitations ni des stations, mais « des camps de travail ». Il me raconte qu'il a été muté dans l'un d'eux, sur l'île de Milos, pendant ses premières années de service. « Là-bas, on extrayait du kaolin », me dit-il. Il se souvient des chemins blanchis par le minéral pulvérisé. Il prend une jatte vide, la retourne et lit l'inscription figurant à la base. « Regardez, me montre-t-il, Fabrique nationale de porcelaines. Il est très probable que ce bol ait été fabriqué avec cette même poudre. » Il me parle des centaines d'hommes qu'il a vus mourir après avoir respiré le minéral broyé. « Tout était blanc là-bas : les plantes, les pierres et les poumons des hommes. »

Son récit coïncide terriblement avec ce que raconte le lieutenant Boom dans sa lettre. Des milliers d'hommes assujettis et transportés comme des bêtes d'un bout à l'autre du continent. Entassés derrière des barbelés et surveillés depuis des tourelles de bois dégrossi. À côté de l'une d'elles, avant d'entrer pour la première fois dans ce lieu où il passera des années, Leva contemple l'esplanade où sont éparpillés quelques prisonniers. Des âmes indifférentes à la venue de cette masse d'hommes qui arrivent, épuisés par le travail. De l'autre côté, un passage divise l'enceinte en deux et permet d'accéder aux baraquements distribués régulièrement de part et d'autre. Des constructions allongées dont les toits descendent jusqu'au sol, avec, sous la flèche, une petite porte par laquelle on accède à l'intérieur, après avoir descendu quelques marches.

Leva et son groupe entrent les premiers dans ce pacage pour humains. Ils font quelques mètres sur l'esplanade et, arrivés au centre, face aux constructions misérables, ils ralentissent le pas, plus indécis qu'effrayés, comme si l'air s'était brusquement transformé en une substance plus dense. C'est le cas, d'une certaine manière. Ce qu'ils voient devant eux n'est pas dû cette fois à la négligence de soldats mal instruits. C'est une réalité qui bouleverse les catégories morales d'une tout autre façon que les monceaux de cadavres, les fosses ou les châtiments arbitraires. Ce n'est pas le hasard seul qui viole leur destinée. Un esprit a dessiné ces lieux. A déterminé ces dimensions-là, pas d'autres. A décidé que les baraquements tous identiques seraient pourvus d'une cheminée en leur centre et qu'ils seraient semi-enterrés.

Il est difficile de comprendre un tel endroit. Ils restent immobiles, sans savoir où aller. La majorité de ceux qui arrivent derrière eux les contournent et poursuivent leur chemin vers les baraquements. Mais quelques-uns s'arrêtent et les regardent, les dévisageant de la tête aux pieds. Ils s'emparent du manteau de deux d'entre eux et personne n'échappe à la fouille à la recherche de tabac ou d'objets de valeur.

Ils dorment dehors, regroupés à côté d'un baraquements, peut-être à la recherche d'une protection mutuelle, ou simplement unis par le seul lien qui les relie aux autres : le voyage auquel ils ont survécu, le travail pénible de déchargement du camion, la vision de leurs camarades brûlés.

Ils sont réveillés par les cloches alors que l'aube n'a pas encore pointé. Leurs vêtements sont humides et ils frissonnent. Leva a passé la nuit en proie à des douleurs et aux flashs inconscients des scènes vécues les derniers jours : le camion, les jambes de l'enfant, le bûcher. Dans sa somnolence s'entremêlent aussi l'odeur cireuse des rayons de miel, le cuir des harnais, la maturation de la peau des raisins, les planches humides des fouloirs.

32.

Je nettoie délicatement ses blessures, comme je le ferais pour mon enfant. Je décolle régulièrement les pansements parfois raidis par les suppurations et je lave à l'eau claire chacune des petites plaies de sa jambe provoquées par les chevrotines. « C'est presque guéri », je mens. Il me regarde sans me voir. Son absence, cet état dans lequel il paraît aussi étranger à la douleur qu'à l'offense, est du moins dépourvue de reproche. Je songe pour la première fois que son égarement n'est autre que le résultat de la douleur endurée. Une sorte de cheminement de l'esprit pour atteindre l'ataraxie méritée. Peu importe maintenant qu'il reçoive des coups de fouet ou des tirs de carabine. Une souffrance acceptée comme si son origine était spontanée, faisait partie de l'environnement. Mais ce n'était pas le cas, car rien dans la nature n'est humiliant *en soi*. Le fardeau que cet homme porte sur ses épaules lui a été infligé par les autres. Sans chercher plus loin, c'est moi qui, réveillée en pleine nuit, ai tiré les yeux fermés sur un être humain armé d'un couteau probablement destiné à couper un melon. Or il ne me le reproche pas. Il se laisse soigner, il ne proteste pas quand, pendant les soins, je suis obligée de frotter le sang séché. Et je découvre de la compassion dans le mouvement de mes doigts. Dans la façon dont je soutiens sa jambe et passe les gazes sur sa peau en tâchant de lui faire le moins mal possible, comme le ferait une infirmière sur le front. Celle qui soigne tous les hommes quand elle en soigne un.

J'imagine les femmes de mon milieu en train de m'observer. Elles appelleraient cela de la charité et elles voudraient voir en moi l'éclat laiteux de la *Pietà*. Le visage humidifié, versant des larmes de marbre sur le corps du fils récemment décloué de la croix. Mais ce que je ressens n'est pas de la charité. Un échange, à la rigueur ; il me livre sa peau pour que je la raccommode, moi. Où est la femme qui, un jour, abrita véritablement de tels sentiments ? Qu'il est loin, le temps où je mettais toute mon ardeur à correspondre au portrait qu'on avait dessiné de moi. Je devais être aimable, serviable, discrète, sociable. Je devais être une bonne épouse, une bonne mère, et, fondamentalement, une patriote. Abandonner ma vie au délassement d'un époux et à la formation des enfants afin qu'ils prolongent à leur tour la chaîne de cette existence qui serait la nôtre durant les mille ans à venir. Mais nous offrîmes Thomas en sacrifice, agneau sur l'autel encore érigé dans sa toute-puissance. Mon fils gît sous une terre étrangère, le corps transmué en ce qui l'entoure, et le plomb qui l'a frappé, inaltéré.

L'eau roule en bruissant dans le ruisseau, un peu plus loin, avant de se briser dans le bassin, et j'imagine l'homme à cet endroit, enfant. Il est monté apporter le déjeuner à son père. Il joue à fabriquer un radeau avec des morceaux de bois qu'il lie entre eux à l'aide de tiges d'élagage de sainbois, comme il le fera bientôt, quand, proche de la fin, il retrouvera cet enfant qu'il était. Il lâche le radeau sur l'eau et le dirige avec un bâton vers la minuscule cascade où l'embarcation se retourne. Il ignore, le bienheureux, qu'un jour il franchira une clôture de barbelés pour prendre le chemin de la forêt qui conduit dans la montagne. Et il le fera en remontant une rivière au fond d'une vallée reculée encore plongée dans l'obscurité. Une rivière inconnue de lui et néanmoins la version démultipliée du petit torrent qui alimente le potager de son père ; ici un ruisseau où mettre à l'eau des radeaux de brindilles et là une rivière dont le fort débit peut absorber toute l'eau des montagnes. À mesure qu'ils la remontent et que le jour se lève, les groupes quittent le sentier pour reprendre le chantier là où ils l'ont laissé la veille. L'équipe de Leva s'écarte, avec d'autres, à l'endroit précis où le camion est sorti du chemin le jour précédent. Arrivés sur les lieux du bûcher, seules trois brigades poursuivent leur marche dans les prés. La plupart des hommes observent les restes avec curiosité, attirés par la nouveauté plutôt que par goût de l'horreur. Leva préfère rester concentré sur les talons de celui qui le précède, mais il ne peut éviter de respirer l'atmosphère étrange qui persiste en ce lieu.

Ils avancent pendant un long moment au milieu des souches, d'abord en partie cachées par les mauvaises herbes puis de plus en plus récentes et blessantes à mesure qu'ils approchent du chantier. Pointes grossières émergeant de la terre comme des crayons mal taillés. Vers la limite des prés, les résidus d'émondage abondent. Autour des coupes fraîches s'entassent des esquilles pâles. Un oiseau de proie plane au-dessus de la cime des arbres en direction des hommes qui marchent. Ses ailes déployées embrassent les bourgeons les plus élevés et tendres, là où le soleil se montre moins chiche.

Ils s'arrêtent là où le pré laisse place à la dense masse forestière. Leva lève la tête, peut-être émerveillé par ces colosses qu'il n'a jamais vus. Des troncs hauts, tout droits, si rapprochés entre eux que leurs branches, écailles flottantes, se confondent les unes avec les autres. Au ras du sol, la lumière qui éclaire la bande longeant la clairière disparaît progressivement en pénétrant à l'intérieur de la forêt jusqu'au lieu, guère éloigné, où règne une obscurité quasi totale. Là, comme dans un jeu de miroirs, les troncs paraissent se multiplier pour finir par se dissoudre dans la pénombre.

33.

Toutes les deux ou trois semaines des camions apportent de nouveaux prisonniers qui franchissent les barbelés, courbatus par le voyage et étourdis par la vision de ce qui les entoure. Dès l'entrée, ils doivent accepter l'échange forcé avec ceux auxquels ils remettent leurs pelisses de fourrure ou leurs chapeaux d'astrakan en échange de capotes raidies ou de *talits* légers. Commencent pour eux une vie où le repos est inexistant, car il est indispensable de rester en permanence sur le qui-vive. Froid, chaleur, humidité, punaises, peur des vols ou des attouchements. Violence partout dans le camp, dans les baraquements ou pendant les repas. Sauf dans le travail, du moment qu'il est exécuté jusqu'à l'épuisement, où les coups ne pleuvent pas. Chacun occupé à sa tâche, abîmé dans sa solitude, se reposant des autres, des soldats, des contremaîtres, du commandement. Exposé au froid glaçant de l'hiver, aux moustiques en été. Et la faim incessante, jamais vraiment rassasiée. La journée n'est qu'un équilibre délicat entre la faible énergie procurée par le rata abject et le travail salvateur. En outre, il est indispensable de réserver des forces suffisantes pour repousser les autres, lutter pour la nourriture, protéger ses chaussures et ne pas mourir de froid.

Allongé sur les planches à côté des corps de dizaines d'hommes épuisés, Leva respire l'air infect du baraquement. Toux vibrantes, bouillonnement des crachats qui se forment et sont ensuite expulsés. Les nuits ont beau être froides, il n'utilise pas la couverture qui lui a été donnée. Comme les autres, il se couche tout habillé, les chaussures aux lacets noués entre eux à côté de la tête, engourdi par la faible chaleur des corps qui l'entourent et assiégé par les tiques. Sa tête est un puisard qui engloutit les impressions récentes de ses jours nouveaux et la vision, pour lui déjà millénaire, de sa fille et de sa femme. Viennent ensuite le regard du contremaître, les senteurs herbeuses de la clairière, la pitance, le camion, la place de la Corredera, les muscles vidés par le travail et la tension. Le sommeil est un impératif, nécessaire mais fragile. Se réveiller tout à coup, toujours avec la sensation de ne pas s'être reposé. Comme si on voulait se baigner dans la mer et que l'eau n'arrivait qu'aux chevilles. S'allonger et sentir la boue. Jamais la pureté, la transparence, la fraîcheur attendue. Se mouiller, oui, mais ne jamais se sentir entouré par cette autre substance qui purifie la peau et l'étreint. Ne pas glisser dans sa transparence, ne pas flotter, ne pas s'ébattre ni bouleverser la gravité.

Ne pas jouer, ne pas s'éloigner du bord, ne pas ressentir la profondeur mystérieuse de celui qui y pénètre. Le sommeil comme un combustible pour la conscience. Pour pouvoir transiter à nouveau par l'enfer, même en titubant. L'enfer, c'est être éveillé et, dans ces conditions, seule la mort peut procurer le véritable repos. Garder les yeux ouverts ne signifie plus la douleur parce que, malgré les apparences, la douleur n'est que le seuil de la porte. Les pièces du nouveau lieu qu'il occupe, l'horreur, ne correspondent à aucune forme connue. Être éveillé signifie l'incapacité d'interpréter ce qui se passe autour de soi.

34.

Dernièrement, la patrouille me rend visite avec une certaine régularité. Avant que je ne renvoie le jardinier chez lui, elle passait par le chemin tous les deux ou trois jours, voire une fois par semaine. Depuis que l'Espagne a été définitivement pacifiée, on pourrait dire que c'est un lieu sûr. Excepté le vol d'une bête parfois, il n'y a pas d'actes de grande violence, que l'on sache. Les hommes qui se chargent de surveiller les alentours du village ressemblent davantage à un groupe d'amis amateurs de randonnées pédestres qu'à des soldats. Habituellement, ce sont toujours les mêmes qui patrouillent sur le chemin de notre propriété : un caporal accompagné d'un soldat de deuxième classe. En arrivant devant le portail, le caporal me fait généralement un signe ou m'interpelle pour m'avertir de sa présence. Je sors de la maison ou je me redresse, au milieu des rosiers, et je m'approche pour bavarder avec eux. Il m'est arrivé de leur offrir du vin ou de la limonade à l'occasion. Certains jours, constatant que tout est calme dans la propriété, ils ne s'arrêtent même pas. Ils continuent sur le chemin qui monte en direction de la mine et disparaissent derrière le coteau.

Or depuis que l'homme est arrivé, les visites sont plus fréquentes. Quotidiennes. Tous les deux jours au maximum. Ils apparaissent à toute heure, le matin ou l'après-midi, et font leur possible pour attirer mon attention. Je sors de la maison pour les saluer. Après quelques banalités échangées à propos du temps ou des plantations, le caporal me pose des questions toujours destinées à savoir si j'ai remarqué quelque chose d'inhabituel dans les environs. Pendant que je parle avec le caporal, le soldat longe le muret à la recherche d'indices de la présence de l'homme.

J'ai tenté d'obtenir qu'il passe sa convalescence dans la maison. Je lui ai expliqué qu'il est plus simple pour moi de nettoyer les plaies et de changer les gazes s'il est allongé sur un endroit propre. Il a refusé, évidemment. Il ne veut pas retrouver sous ses pieds le plancher du couloir, ni voir la cuisine, ni respirer ce mélange de naphtaline et de vieux papiers qui imprègne l'intérieur de la maison. C'est compréhensible.

Un jour, tandis que la patrouille s'en va, je descends au potager. J'imagine déjà les plants de tomates enchevêtrés. Les gourmands, qui n'ont pas été coupés depuis des semaines, auront prospéré, et au lieu d'une ou deux tiges principales, il y aura des dizaines de drageons entortillés. Je suppose que le poids des tomates non récoltées aura cassé nombre de tiges et que les fruits seront en train de pourrir par terre. Or, quand j'arrive, je vois les pieds nettoyés et les allées propres. Mes prévisions ne sont confirmées que sur un point : l'endroit où se trouvent les tomates. Il les a posées sur le sol, alignées en files sous les plants. Les courgettes et les concombres paraissent sains, mais quantité de tomates, d'aubergines et de poivrons sont fripés, sinon pourris ; des insectes y entrent et en ressortent, au milieu d'une écume blanchâtre.

Je m'agenouille à côté de lui. Je lui dis que la patrouille est encore venue. Que le jardinier ou le facteur l'ont peut-être découvert lors de leurs visites et qu'ils ont prévenu les autorités, moi seule à présent m'interpose entre lui et la prison. Mes propos n'ayant pas l'air de l'effrayer, je l'informe que je peux finir moi aussi au cachot s'ils le trouvent ici. « Parlez-moi de la neige », me dit-il.

Un matin de novembre, pendant que tu es en train de charrier des branches, tu vois tomber les premiers flocons de neige. La tranquillité que tu as remarquée en sortant de l'enclos à l'aube prend un sens pour toi. Tu n'avais pas su l'interpréter car elle faisait partie d'un langage inconnu de toi. La clairière est recouverte d'un ciel blanc faisant paraître plus sombre encore la muraille sylvestre qui l'entoure. Les flocons saturent rapidement l'air et finissent par se poser et se figer sur le sol retourné ; à mesure que le jour progresse, ils amortissent les sons qui vous arrivent habituellement des équipes voisines. Les cristaux se posent sur les paumes sales de tes mains et tu les regardes pendant que ton groupe continue de travailler, étranger au spectacle. La peau des hommes est calleuse, striée de gerçures que la crasse noircit, et le plus curieux, c'est que leurs mains ne sont pas très différentes de celles avec lesquelles tu as monté des murs et des palissades de roseaux, celles avec lesquelles tu as pelé les amandes et serré des sangles. Tes mains ne sont pas des inflorescences mais des bourbiers.

Il demeure dans la même position que lorsqu'il m'a demandé de lui parler. Je sais qu'il m'écoute, bien qu'il ait l'air beaucoup plus attentif aux mouches qui volent autour de nous, lourdes, bourdonnantes, rassasiées, au-dessus des rangées d'aubergines mousseuses. Il est toujours allongé, le pantalon de Iosif que je lui ai donné après que le docteur Sneint a déchiré le sien est couvert de poussière.

Les soldats, le col relevé, maugréent et frappent le sol pour se réchauffer. Ils savent pourtant qu'avec l'arrivée de la neige leur travail se termine. On va les envoyer ailleurs, il serait absurde pour l'Empire d'affecter des hommes à la surveillance quand le froid seul peut s'en charger. Ils savent tous qu'il est impossible de traverser la forêt en plein hiver. Les corps des prisonniers qui l'ont tenté ont été le plus souvent retrouvés, pas loin du camp. Parfois pétrifiés contre le tronc d'un sapin. Ou décongelés, attaqués par la vermine, au printemps, en été.

110

Le froid accentue l'isolement. Il confine les hommes à l'intérieur de leurs propres limites. Ils travaillent parce qu'ils sont des esclaves, et aussi, l'hiver, pour ne pas mourir gelés. Ils sortent tous les matins pour abattre des arbres, indépendamment du froid ou de la neige, ne restant dans les baraquements que lorsque les tempêtes de neige durent plusieurs jours. Dans ce cas, ils en profitent pour s'étendre sur les châlits, conserver la chaleur et ne pas gaspiller leur énergie. Parfois, deux hommes ou plus se cachent sous les couvertures et frottent leurs corps les uns contre les autres.

Dans la forêt, le travail est rendu plus difficile. Le bois paraît plus dense et les coups de hache se répercutent davantage dans les os des hommes. L'ébranchage est plus compliqué car les serpes glissent souvent sur l'écorce gelée avant d'accrocher le bois.

La coupe étant moins productive en hiver, certains hommes affectés à l'élagage sont intégrés à l'équipe de transport. Leur travail consiste à traîner les troncs pelés jusqu'au bord de la rivière. La première fois qu'il voit des chevaux de trait, il est surpris par leur allure extraordinaire : une grosse tête, un cou puissant. D'abondantes touffes de poils sur les sabots, qui pendent dans la boue. Ils sont attelés deux par deux à un harnais auquel on attache les troncs à transporter.

Il arrive un moment où la température baisse tellement qu'elle gèle le débit impétueux de la rivière. Des écailles de glace se forment sur les nappes d'eau ; au fil des jours, elles se transforment en plaques qui gagnent progressivement sur le courant, des bords jusqu'au centre, et s'épaississent ensuite en profondeur.

À cette époque, Leva a déjà trouvé un manteau épais à col en poil de martre. Il l'a échangé avec un homme plus grand que lui, et plus perdu, contre le manteau râpé qu'il avait lui-même pris à un de ceux qui sont morts aux premiers froids. Ce col montant, dans lequel le vent fige la vapeur qui sort de sa bouche, ne le couvre pas suffisamment. Il ne trouve la chaleur dont il a besoin qu'en travaillant, et surtout en essayant de rester toujours au sec, ce qui n'est pas facile.

Pendant des semaines, ils disposent les troncs au bord de la rivière. Quand l'espace est suffisant, ils les alignent sur les prés blanchis, mais dans les zones étroites ils doivent les empiler avec l'aide des bêtes, et le travail devient dangereux parce que les larges cylindres de bois gelés glissent et finissent par rouler sur les hommes qui les manipulent.

35.

Dans son équipe il y a trois hommes âgés qui s'ef-
forcent chaque jour de suivre le rythme des autres. À
l'aube, quand le groupe se dirige vers le front d'exploitation, ils sont les derniers. Régulièrement, l'un
d'entre eux décroche, dépassé par la cadence rapide,
et il doit trotter pour les rattraper. Ils courent sans
presque lever les pieds du sol. Ils butent souvent sur
les pierres, ou ils se prennent les pieds dans les restes
de branches élaguées, et ils tombent maladroitement
dans le pré ou sur la neige. Leurs jours sont comptés,
encore davantage que pour les autres. Il leur faut
déployer toute leur énergie pour ne pas rester à la
traîne pendant la marche, mais aussi pour ramasser
les branches par terre ou ne pas se retrouver sans
nourriture. Leurs gestes sont raides, fruits de l'effort,
alors que les bras des plus jeunes dénotent une certaine harmonie de mouvement, même dans ces conditions de travail et de faiblesse. Ils inclinent le buste,
chargent le bois, lèvent la hache au-dessus de leur
tête et la lancent contre les troncs avec une économie

du geste imposée par les circonstances et le métier. Sans excès ni gaspillage inutiles, car il faut absolument accomplir la tâche et conserver encore des forces pour revenir au camp, se bagarrer pour obtenir sa ration avant qu'elle ne refroidisse et dormir en protégeant ses affaires.

Il y a chez les vieux une maladresse inévitable. Propre à l'âge, mais aussi au fait de se savoir observés par les soldats et par la mort elle-même. Si, au lieu d'être là, ils étaient allongés dans leur lit, chez eux, à Varsovie ou à Vienne, attendant leur dernier soupir entourés de leurs enfants et petits-enfants, ils se laisseraient peut-être emporter. Ils permettraient à leur respiration et à leurs mouvements de suivre une partition plus lente. Ils poseraient une main livide sur le rabat du drap et une belle-fille ou une fille prévenante approcherait immédiatement de leurs lèvres gercées un verre d'eau. Mais ici, entre la neige et les soldats, ils doivent se surpasser et feindre une force qui les a abandonnés depuis longtemps. Une comédie qui ne trompe personne, en vérité. La raison pour laquelle ils ont échoué dans cet endroit reculé et rigoureux est incompréhensible. Puisque tous ceux qui sont là ont été fait prisonniers de la même manière. Puisque dans chaque village il y a eu des massacres, des actes arbitraires et de la violence. Puisque cette armée est capable de se comporter de la sorte, qu'est-ce donc qui l'a empêchée de sélectionner dûment les plus forts pour les exploiter dans cette forêt humide, au lieu de déplacer des vieillards déjà aux portes de la mort ? Peut-être n'est-ce pas leur force de travail qui les intéresse, mais le simple fait de les assujettir et de pouvoir leur infliger une humiliation exemplaire. Il est possible que, dans leurs communautés, ces hommes aient été des prévôts qui n'ont pas comme les autres courbé l'échine lors de l'invasion, mais au contraire élevé la voix. Ou alors des hommes instruits, des médecins, des traducteurs, des connaisseurs de la tradition. Leur délit a été leur savoir. La connaissance met les puissants hors d'eux. Tout ce qui ne tremble pas devant l'acier effilé d'une épée doit être anéanti.

Un jour, l'un des vieillards s'arrête sur le bord du chemin afin de reprendre son souffle. Il n'a qu'une veste dont il a relevé le col pour se couvrir. Il se penche et appuie ses mains sur ses genoux. Le soldat qui ferme la marche lui crie d'avancer, mais il demeure penché, essayant de reprendre des forces. Il tousse, comme les jours précédents, et chaque bouffée d'air glacé lui assèche la gorge et déclenche une nouvelle quinte. Excédé, le soldat revient sur ses pas et attrape le vieil homme par le bras. Ce dernier agite une main pour réclamer encore quelques secondes. L'autre commence à le bousculer de la crosse de son fusil, sans le frapper encore, mais le vieux n'a pas l'air de pouvoir se redresser, le bas du dos dénudé tant son corps est penché. L'équipe a poursuivi son chemin et il ne reste que ces deux-là, dans l'air transparent.

Le soldat rejoint le groupe presque à l'endroit où s'entassent les arbres coupés la veille. Il arrive seul en trottinant et il dit quelque chose à ses compagnons.

Leva et les autres reprennent leur travail d'élagage, faisant sauter des éclats de bois, imprégnant l'atmosphère d'odeurs de résine et de bois. Leurs vestes ne tardent pas à fumer de transpiration, les faisant ressembler à des silhouettes ardentes.

36.

Je me souviens de nos hivers à Loèche-les-Bains, au pied de la grande montagne. Mon père blaguait souvent en disant que si l'air était bon pour les *Ramswürscht* il serait bon pour nous. À l'heure du dîner, dans la salle à manger de l'hôtel thermal, il y avait toujours des montagnards venus jusqu'ici pour escalader le Daubenhorn. Au retour de leurs expéditions, ils posaient généralement leurs sacs à dos et les piolets sous la patère de l'entrée, et ils traversaient la pièce en culottes bouffantes et gros pulls de laine. J'aurais donné n'importe quoi pour que ma mère m'autorisât à approcher ces hommes. J'aurais voulu savoir d'où venait le cliquètement métallique de leurs chaussures quand ils marchaient sur le sol en marbre de la grande salle à manger en direction de leurs tables.

Je repense au vieil homme de l'équipe incapable de continuer. Lui et son jeune gardien, seuls, captifs tous les deux de cet environnement blanc. Le jeune homme s'impatiente. Je les vois aussi maintenant tous les deux, le soldat et le vieillard, à l'une des tables de la salle à manger. Des milliers de cristaux taillés brillent sur les lampes suspendues au plafond. Le mystère des semelles à clous ne les intrigue pas. Ils mangent et échangent de temps en temps quelques mots. À un moment, l'ancien s'excuse et, après avoir essuyé la commissure de ses lèvres avec sa serviette blanche, il se lève et s'absente. Il ne reviendra pas à la table, ni dans la forêt, ni à l'amour des siens, il ne boira plus de vin à la tombée du jour face à sa maison biscornue du Herengracht.

Ils tardent deux jours à le remplacer. Le nouveau est un homme vigoureux, dont la prestance et la fraîcheur étonnent. On dirait que ses membres n'ont pas été secoués au cours du très long voyage en camion, ou alors que, à l'aube, il a copieusement déjeuné dans un salon aux murs ornés. Il porte une simple veste de batiste sur une superposition de chemises qui accentuent sa corpulence. Ses mouvements révèlent une énergie particulièrement pétulante, et il n'a pas encore la voussure du dos déjà visible chez les autres.

Au début, le nouveau travaille avec entrain, comme si de rien n'était. Le corps et l'esprit cernés par des forces supérieures et implacables s'engagent ou se défendent. Par son attitude, le corps droit, cet homme résiste aux soldats, ou à la fatalité de son destin. Cette posture ne traduit pas la rébellion ou l'orgueil, mais sa nature.

118

Pourtant, au fil des semaines, en butte à la rigueur inclémente de l'hiver, son corps cède. Aucune constitution physique n'est capable de supporter le manque de nourriture et le poids de journées invariablement identiques, partir chaque matin avant l'aube et s'ouvrir un passage dans la neige tombée pendant la nuit. Ils s'enfoncent dans l'obscurité équinoxiale, s'éloignent du soleil et de sa pauvre chaleur. Les autres observent la façon dont, chez lui aussi, la peau se creuse sous les pommettes, aspirée par la mâchoire, et comment le silence s'empare de lui et le pousse comme les autres vers l'état de squelette, ossature irréductible. Tous ensemble mais seuls, ils marchent sous le ciel gris jusqu'à la zone boisée qui leur a été assignée, afin de repousser chaque fois plus loin la limite de la forêt. Ils la font reculer jusqu'aux versants, et une fois là ils l'observent et la poursuivent par les ravins et les escarpements pour atteindre, un jour, la roche stérile où le monde se termine.

Je prends conscience de mon inquiétude. Ce bruit de fond permanent provoqué par Iosif, par sa dépendance et sa censure constante, a cédé la place à la présence de cet autre homme, plus obstiné et hermétique encore que mon mari. Un inconnu qui avance à quatre pattes sur le fil d'un rasoir avec l'inconscience d'un enfant ou d'un fou.

Ces nuits où j'ai passé tant d'heures près de lui, à écouter de temps en temps ses phrases incohérentes, à regarder sa lèvre inférieure trembler et son regard se perdre sur un point indéfini situé entre la maison et le village, ces nuits ont fini par avoir raison de moi. Je suis préoccupée à son sujet, et à juste titre. Les motifs ne manquent pas. Ce qui n'a été que l'appel du mystère au départ, cette tendance mienne à la rébellion ou à l'hétérodoxie qui m'a causé tant de problèmes dans ma vie, s'est transformée en quelque chose qui ressemble au devoir. Si je ne l'ai pas dénoncé dès sa première apparition, c'est à cause de sa présence fascinante. Si je ne le fais toujours pas, c'est parce que quelque chose nous unit, et je dois essayer de découvrir ce que c'est avant que les soldats n'entrent chez moi et ne l'emmènent, comme un éboueur emporterait les déchets de la cuisine.

37.

Je suis restée un long moment auprès de lui après qu'il a prononcé ses derniers mots ; ensuite, tributaire des cris de Iosif, j'ai regagné la maison afin de lui servir son dîner. Sur le perron, je me suis retournée et je l'ai vu remonter du potager et se pencher sur le muret des terrasses. Il palpait les pierres comme pour évaluer la qualité du travail, et je me suis demandé si c'était lui qui, de ses mains, avait aussi construit ce petit mur.

J'entre dans la chambre à coucher et je trouve Iosif par terre. Il m'insulte car je ne me suis pas précipitée à ses cris, puis il me félicite d'avoir tiré sur l'intrus. « Ces fils de pute… », dit-il, sans terminer sa phrase. Je ressens du dégoût et de la tristesse, et au lieu de l'étendre sur le lit comme je l'aurais fait à un autre moment, je le laisse sur le sol. Il a ses bottes aux pieds, c'est ainsi qu'il devrait marcher vers la mort, dont je désire ardemment qu'elle survienne cette nuit même.

38.

Assise en face de l'homme, je m'apprête à lire à voix haute ce que j'ai écrit au cours de ces dernières nuits, et j'ignore si je recherche son assentiment ou si j'aspire simplement à être loin de Iosif. Le texte est propre, sans corrections ni ratures. Je lève les feuilles devant mes yeux, j'avale ma salive, prête à commencer, mais mes lèvres ne bougent pas, ma voix ne sort pas. Je baisse les pages et je le regarde. Je sais qu'il m'entend, mais je ne sais pas s'il m'écoute. Dans le cas où il comprendrait ce que je raconte, que penserait de moi un homme comme lui ? Avec mes pages devant moi, je ressens plus que jamais combien elles nous séparent elles aussi, alors qu'elles étaient destinées à constituer un pont entre nous. Que mes paroles ne pénètrent pas, et ne provoquent pas de blessures. L'ombre inconsistante dans la caverne contre la chair vive des êtres qui gesticulent de l'autre côté du feu. Que ressent-il quand j'affirme qu'au début il comptabilisait les jours de sa nouvelle existence ? C'est simple, je continue. Cinq, six, neuf.

Chacune de ses journées est tellement remplie d'événements nouveaux qu'il n'a pas besoin de tracer des traits sur un mur et de les barrer ensuite. Il descendit d'un camion chargé de cadavres, après un voyage interminable, et une lumière très pure l'aveugla. Ce fut le premier jour. Le deuxième, celui du bûcher de corps. Le suivant, la première vision de la forêt dont l'haleine humide et obscure laissa en lui une impression de vieux cimetière.

Puis les jours se succédèrent, s'amalgamant comme des gazes humides jusqu'à devenir indissociables. Et ce malgré le fait que Leva ne connaîtra pas une seule journée paisible ou inoffensive. Il ne vivra plus ni la tranquillité ni le repos. Ni non plus la satiété, pas même la possibilité de garder son corps au chaud quand il le faudrait.

À présent, il mesure le temps de sa captivité par le passage des saisons, de la même façon qu'il réglait sa vie quand il était libre. À la différence que, dans cet endroit, il n'a pas à être attentif aux semailles, aux lunes et à la bonne maturation. Il doit se protéger, c'est tout. Il sait que chaque équinoxe abrite un Rubicon. Le franchir signifie avoir survécu un hiver de plus, et se préparer aussi à descendre le chemin déclive où, durant quelques mois, la vie ne sera pas radicalement insupportable. Le beau temps signifie par exemple ne pas devoir prêter une attention de tous les instants à ses chaussures : faire en sorte qu'elles soient toujours sèches, essayer de colmater le mieux possible les trous ou les semelles décollées, réparer les lacets quand ils cassent.

Il a appris que lorsque le froid arrive, tous regardent les pieds des autres. Avant de mourir, les prisonniers titubent. Ils trébuchent tant ils sont faibles, ou ils perdent tous leurs repères quand, pendant le travail, ils s'écartent entre les arbres pour uriner. Les chutes sur le chemin, dans l'enclos de barbelés ou sur le chantier annoncent un héritage. Si le moribond a été arrêté avec un membre de sa famille, celui-ci aura la priorité au moment de garder ses chaussures ou sa pelisse. Il pourra remplacer les siennes ou, s'il en a besoin, les échanger contre du tabac ou de la nourriture. Il surveillera donc qu'elles ne soient pas volées au moribond pendant ses derniers jours sur cette terre dévastée, quand les autres voient la couleur de la mort envahir la peau de l'élu.

Il y en a qui portent pendant des semaines des chaussures trop petites. Ils marchent les pieds arqués et les orteils contractés, telles des fillettes juchées sur leurs premiers talons. Leurs mouvements sont ridicules et il y a toujours quelqu'un prêt à leur décocher une flatterie ironique. Tout est préférable au fait de voir le bout des orteils noircir et les ongles de pied jaunir et tomber, car lorsque les tissus meurent, la douleur permanente rend impossibles tout mouvement et le travail. Ils savent tous qu'un orteil congelé est un raccourci vers la mort. Dans cette antichambre, certains croient apercevoir un éther noir autour du corps, ou ils se fient à l'odeur émanant d'un être sur le point de succomber. Les sens s'affinent et s'adaptent. Ils se réorientent dans une nouvelle direction. Qui a su discerner dans le vert de l'olive le moment précis pour la cueillette, ou percevoir la très légère distension d'une corde de piano en frappant les touches, calcule désormais au premier coup d'œil les jours qu'il reste encore à vivre à un prisonnier.

Il m'interrompt pour m'interroger sur Iosif. Il le fait en désignant le perron et en prononçant « l'homme ». Je lui parle de lui et quand j'ai fini je me rends compte de la haine que je ressens, de la bile qui m'empoisonne, et je me dis une fois de plus que je dois m'éloigner définitivement de mon mari.

39.

Chaque journée de coupe correspond au recul de mètres et de mètres de forêt et, de ce fait, il leur faut chaque fois davantage de temps pour l'atteindre. Les journées sont tellement routinières et les différences entre elles insignifiantes que personne ne semble avoir noté ce détail. Ni les soldats ni leurs chefs ne s'en sont apparemment aperçus, animés par une logique selon laquelle plus ils extrairont de bois dans le moins de temps possible, plus ils auront de possibilités de s'élever dans la hiérarchie interne de l'Empire.

Le chef du camp rêve de la métropole. Sa mission à la tête de l'exploitation est de deux ans. Une période durant laquelle il s'est proposé de fournir à la Compagnie impériale des chemins de fer pas moins de deux mille traverses par jour. Qu'importe si pour cela des centaines d'hommes doivent mourir. Lui, il se promène parmi eux comme un prince. Le ministre l'appellera peut-être un jour à ses côtés, rêve-t-il dans son bureau. Il pourra rejoindre sa famille et jouir enfin d'un poste bien mérité dans la capitale. Il voyagera dans toute l'Europe en wagon-lit : de Naples à Tallinn, de la resplendissante Cadix jusqu'à Moscou. Les bois nobles des cloisons grinceront sous les cahots du train qui glissera sur les rails posés sur ses traverses. Grâce à lui, tout l'Empire communiquera un jour par un équipement ferroviaire moderne et rapide. De cela on devra lui être reconnaissant tôt ou tard, d'après lui.

Les soldats quant à eux maudissent le jour où ils ont été affectés dans un camp de travail. Si l'enrôlement est obligatoire, à dix-sept ans, ils savent que les fils des élites militaires et politiques y échappent ou bénéficient d'une destination confortable dans leur propre ville ; ils peuvent ainsi continuer leurs études à l'université et profiter de la maison de campagne familiale pendant les vacances. En été, ils plongent dans les lacs de montagne depuis des jetées en teck. Ils pêchent, rament et flirtent dans les bals. Ils se préparent à la politique, la haute administration publique, la diplomatie ou l'entreprise, et ces plaisirs estivaux font partie de leur formation puisque les grandes décisions qui les attendent se prennent dans des lieux qui ressemblent davantage à un grand hôtel des thermes qu'à un champ de bataille. Le casino d'Estoril, l'hôtel Mandarin Oriental de Munich, l'Opéra de Vienne ou le Turf Club de Londres seront leurs lieux de travail. Plus tôt ils parviendront à y évoluer avec aisance et désinvolture, plus tôt ils pourront exercer la mission pour laquelle ils sont nés.

Il y a des centaines d'affectations possibles pour un jeune conscrit, et un camp de travail dans le Nord glacé n'est surclassé en pénibilité que par les unités qui défendent les stations commerciales et minières de l'intérieur de l'Afrique. Ceux qui en reviennent racontent comment, là-bas, les fièvres qui ravagent de temps à autre des régions entières laissent les hommes prostrés, à la merci de la quinine instable et des prières des nonnes. Tous les soldats ont entendu des récits terribles de ces terres. Des arbres qui étranglent les animaux, des jungles tellement épaisses qu'on dirait qu'il y fait toujours nuit. On parle de folies survenant inopinément, de disparus et, pire encore, de razzias de nègres à la peau brillante qui assaillent les stations en pleine nuit, mettent les blancs en pièces et mangent leurs entrailles sur place. Les bateaux remontent des cours d'eau épais au rythme lent. Ils naviguent vers l'intérieur des terres, directement vers l'estomac de la bête où les sucs gastriques de tout un continent décomposent tout ce qui arrive de la côte.

Le front lui-même n'est pas pire que les camps. Tirer depuis une tranchée ou être cantonné aux alentours d'une ville en attendant que les obus la détruisent ne peut pas être pire. En revanche, les nouvelles qui leur parviennent des avancées de leurs troupes sont toujours encourageantes. Les dépêches qui leur sont lues pendant le dîner ou les actualités qui précèdent les projections cinématographiques dominicales parlent de pays entiers qui tombent comme des châteaux de cartes. Des soldats souriants apparaissent à l'écran, le bras sur les épaules de leurs compagnons. Ils exhibent devant la caméra les trophées les plus divers. Le bonheur du saccage impuni. Ils montrent des porte-cigarettes en argent comme des miches de pain blanc, des cigares ou des poupées de porcelaine. Ils disent aux camarades qui servent dans les pires destinations que tout va bien et qu'il y aura toujours pour eux une ville portuaire florissante. Les demeures y abondent où des lignées centenaires de marchands ont accumulé de génération en génération des trésors familiaux : vaisselle en céramique polie, verres taillés, caves poussiéreuses abritant les vins les plus sublimes. Ceux qui décident de rester dans l'armée après le service obligatoire seront prioritaires pour devenir propriétaires de certaines des nombreuses terres disponibles dans les colonies. Douces collines zébrées de vignes, palmeraies, exploitations caféières et chasse aux animaux exotiques. La prospérité comme un dû, ou comme un don, peu importe. Un mélange équilibré de vie familiale agréable et d'aventure virile. L'exotisme des affiches des compagnies maritimes qui annoncent leurs destinations de plus en plus nombreuses : Alexandrie, Goa, Birmanie, Ceylan ou Lisbonne. Des lieux dont la seule mention enflamme les esprits des fils de la patrie.

40.

Il y a longtemps que Leva marmotte, sur le chemin menant au chantier, pendant les temps de repos, en pleine activité de taille. Il a commencé par grincer des dents, des mouvements nerveux des mandibules, et un petit tic. Ensuite quelques mots, définitivement sans rapport entre eux, avec ce même récit inexplicable d'étoiles qui, brillant de très près, forment une constellation.

Rien dans son soliloque ne dénote la nostalgie de la perte ou le désir de retrouver les hommes qui l'entourent. Il a eu l'occasion de parler avec certains des Espagnols présents dans le camp. Il les croise dans l'enclos, il sait qui ils sont et dans quelle brigade ils pratiquent l'abattage. Même là-bas ils parlent fort. Ils se font remarquer. S'il avait entamé une relation avec eux, il ne marmotterait peut-être pas. Il aurait eu quelqu'un à qui parler, se confier, qui sait. Quelqu'un capable d'ouvrir en lui une brèche grâce à laquelle aérer sa propre pourriture. Quelqu'un avec qui partager, en définitive. Ce matin d'hiver, par exemple, en charriant des branches de sapin. Quand il lâche son chargement, loin de l'endroit où l'équipe cogne, ce qui ne semblait être qu'un monticule de neige s'effondre. Affleure alors un arbuste court et touffu sur les branches duquel des baies hivernales brillent comme autant de petites lumières. Il essaie de les attraper, mais ses doigts gourds écrasent les fruits très mûrs. Il s'allonge par terre et les cueille une par une entre ses lèvres. La douceur du fruit à maturité par rapport au rata infect, au pain à la farine de haricots ou aux racines bouillies. C'est un cadeau inespéré qu'il aurait peut-être partagé avec quelqu'un, probablement avec un Espagnol. Dans ce lieu, la langue commune aurait été pour lui une véritable patrie. Il aurait pu parler même si ce n'était que pour écouter sa propre voix. Il aurait peut-être conservé ses esprits.

Allongé, il laisse tomber sa main vers moi, comme s'il me l'offrait. Elle est restée ouverte, la paume vers le ciel. Ses doigts contractés semblent vouloir saisir l'air. Je pourrais prendre sa main entre les miennes, ouvrir ses doigts, sentir la dureté de sa peau. Au lieu de cela, je lui dis que je le comprends. Que je sais que son silence est son unique bien. Tu t'es réfugié en lui, je poursuis, et avec lui tu t'es écarté des autres ; des agressions mais aussi des mains tendues, comme la tienne à présent. Des prisonniers qui n'ont pas été entièrement démolis. Tu les as vus rattraper un vieillard, par-derrière, juste au moment où il allait tomber définitivement. Tu les as eus à tes côtés, quand ils partageaient leur misérable ration ou écartaient les mouches des lèvres des autres. Tu les as vus et tu t'es tu.

Tu prends ton écuelle et tu t'éloignes et, sans le savoir, tu t'empoisonnes, comme je l'ai fait moi-même. Toi aussi tu es une outre pourrie, enflée par cette même bile qui me ronge. Nous t'avons persécuté jusqu'à te réduire au murmure, c'est certain. Nous avons violenté en toi, en vous, ce qui vous avait soutenu jusqu'alors. Et toi tu as fini par penser que ton absence était l'unique refuge et ta peau l'unique frontière, que pouvais-tu faire d'autre.

41.

Il me parle de sa fille Dolores, connue de tous au village comme Lola, celle de Teresa. Il prononce son nom et ses lèvres tremblent. Je laisse mes notes et j'attends.

Je l'interroge sur elle de toutes les manières qui me viennent à l'esprit sans obtenir de réponses jusqu'à ce que je m'avoue vaincue, et je commence à lui parler. Je lui raconte qu'en avril, même là-bas, tellement au nord, la neige a perdu de l'épaisseur. Sa blancheur s'étend alentour, mais elle ne forme plus une couche lisse, les souches d'arbres émergeant comme des grains sur sa surface resplendissante.

Un jour, pendant que tu manges ta soupe, assis sur un tronc, tu ne la trouves plus, je lui dis. Son visage s'est échappé de ta mémoire et tu ne réussis pas à l'y ramener. Tu te rappelles son poids, son corps tel un lest obstinément attiré vers la terre. Ses vêtements aussi, toujours les mêmes, la façon qu'elle avait de dessiner avec du plâtre sur la chapelle des Martyrs, ses quelques jouets. Te souvenir d'elle, tu l'as fait chaque fois que tu t'arrêtais pour te reposer. Non tant de façon volontaire que comme la conséquence naturelle du repos lui-même. Pendant la courte pause, tu pouvais te retrouver avec elle, véritablement. Loin, pour un moment, des humiliations des soldats, qui mangent aussi, et des rigueurs du travail.

Cette mémoire qui te revenait quotidiennement a réussi à te maintenir en vie d'une certaine manière. Le souvenir reviendra, mais tu ne le sais pas encore. Ni non plus que lorsqu'il réapparaîtra, avec le temps, il ne sera jamais plus l'image que tu viens de perdre.

Tenant la gamelle sous le menton, la cuillère plongée dedans, tu laisses ton regard se perdre sur la vallée déboisée. Un espace où le soleil ne pénétrait pas et qui se dévoile à présent. Au loin, vers le Sud, tu aperçois le haut du nuage de fumée noire expulsée par l'usine de créosotage, là-bas, dans le camp. Une masse cotonneuse et foncée aux bords cassés alimentée par une colonne tordue et nette qui la relie à la cheminée.

« Où est ma fille ? », te demandes-tu. Tous ceux qui l'ont connue, les voisins, les vieilles du village, la petite Amalia son amie, gisent sens dessus dessous au milieu de talus de terre reconnaissante. Si elle n'habitait que dans ta mémoire, et que même là tu ne la retrouves plus, que deviendra-t-elle ? Une vie aussi éphémère que l'eau jetée en juillet sur les terrasses de la place de la Corredera pour les rafraîchir. Que feras-tu si son visage ne te revient pas ? Qu'est-ce qui t'empêchera de te tuer ? Prendre la hache ou la houe, cesser de manger, t'échapper de la brigade en plein jour et courir en criant dans la vallée ravagée, attendant que le soldat te tire une balle dans la tête. Qui es-tu, si tu ne peux même pas prendre le même chemin qu'elle ? Tu désires l'accompagner, être à ses côtés, rien de plus. Tu veux l'avoir près de toi, et tu te fiches bien que vous soyez morts tous les deux, parce que dans cet endroit perdu dont tu ne connais pas les limites, cette mort flotte en recouvrant tout de ses ténèbres. Vivre ou pas, là-bas c'est pareil, et cette idée rapproche ton corps de celui de ta fille, prisonnière elle aussi, participant de l'essence commune de vos ancêtres. « Lola, attends-moi », tu dis. Et pour la première fois de ta vie, bien que tu aies assisté à de nombreuses veillées funèbres, tu sens que les propos du curé sur la résurrection et la rencontre doivent être vrais. La jument assoiffée, perdue depuis des jours dans un terrain broussailleux, se couche et se consume pour extraire l'eau de son propre corps. Celle qu'elle extirpe de ses muscles, elle la concentre dans son cœur, car mieux vaut vivre sans pattes que privé de sang. Ainsi l'homme désespéré se couche-t-il et s'abandonne-t-il à la croyance, métamorphosant l'illusoire en certitude.

Perdu dans ton propre maquis, tu te confies à la croyance mystérieuse que les sens refusent d'admettre : il y aura des retrouvailles avec les autres, la mort n'est qu'une porte par laquelle on entre et on ne ressort pas, un passage qui présuppose un séjour futur, car quel serait le sens du seuil autrement ? Là-bas, dans cette grande chambre, attendent ceux qui l'ont déjà franchi. Les vieux bavardent, les enfants jouent sous les tables, escamotant de la nourriture pour la donner aux chats qui ronronnent, satisfaits. La lumière qui entre par les fenêtres est extraordinairement pacifique, et tout ce sur quoi elle se pose est à l'instant apaisé.

42.

Au début du deuxième printemps, le chef du camp est remplacé. Le nouveau commandant, accompagné de son carré d'officiers et de ses ingénieurs, descend de voiture devant le bâtiment du gouvernement.

Le chef de camp les y attend avec ses officiers. Ils se saluent martialement et le commandant sur le départ indique de la main au nouveau l'entrée de la demeure. En prévision de la première entrevue privée, on a préparé une collation de fruits secs et de charcuterie de gibier et de sanglier accompagnés de Tokay. Les deux hommes conversent un moment sur le long voyage pour arriver jusqu'au camp et sur l'urgence d'une intervention sur la route d'accès, à quelques kilomètres de là : à cause des gorges profondes, la voie est coincée entre le ravin et une bande étroite de terrain où les éboulements sont fréquents. Bref passage en revue des nouvelles du corps auquel ils appartiennent tous deux, une nomination, des mutations, les colonies récentes, puis, après avoir vidé leurs verres, première visite des installations.

Le commandant guide son successeur, désigne ceci ou cela, observe d'un même regard professionnel un prisonnier en haillons et un mirador. Derrière eux, chaque sous-officier accompagne son homologue, abordant avec lui des thèmes secondaires : la surveillance, l'approvisionnement industriel nécessaire pour la scierie ou pour l'usine de traitement. Ils insistent sur les indices de production par travailleur, comparent des chiffres et désignent le cirque montagneux qui les entoure par de grands gestes englobant la totalité de l'espace, car tout le bois visible autour d'eux doit être rapporté au camp pour être transformé en traverses, ensuite envoyées par camion jusqu'aux confins de l'Empire.

Ils s'arrêtent dans l'enclos, vide à cette heure. Le nouveau venu s'étonne des baraquements à demi enterrés, et aussi de la saleté des lieux, même s'il ne le dit pas. Il énumère les camions garés, évoque les nouvelles mesures de contrôle en préparation pour ce type d'exploitation et, la visite terminée, ils remontent le long de la vallée déboisée. L'ancien commandant tient à montrer à son successeur que sous sa direction et en seulement deux campagnes la superficie de coupe s'est étendue au-delà de ce que le regard peut embrasser. Le nouveau commandant, la main en visière, tente d'en apercevoir les limites, sans les trouver, en effet. Il pose alors des questions sur les fronts d'élagage, et son prédécesseur désigne plusieurs points vagues au lointain. À côté de lui, la rivière roule avec un fort débit. Elle couvre les rochers d'une pellicule vitrifiée, et son impétuosité produit un bruit confus de papier froissé.

Plusieurs jours passent avant que le nouveau commandant ne se fasse remarquer. Un temps qui lui est nécessaire pour évaluer avec ses ingénieurs le fonctionnement de l'exploitation. Ils en concluent qu'une grande partie de la force de travail est gaspillée en déplacements, et que, bien qu'ils puissent recevoir un nombre illimité de travailleurs, il importe de réduire le taux de mortalité dans le camp afin de mettre à profit l'expérience des hommes présents, une richesse aux yeux du nouveau chef.

C'est un homme tenace. Aux gestes efficaces, contrairement à la nonchalance mélodieuse de son prédécesseur. Ses ordres sont clairs et il sait ce qu'il doit faire pour leur exécution. On le verra fréquemment dans la scierie, dans les zones de coupes ou même au profond de la forêt. Accompagné d'un secrétaire muni d'un cahier, il dictera tout en marchant. Des rapports destinés au ministère, des lettres officielles, des listes de matériel, des brouillons de protocoles. Au cours de sa promenade, il profitera de l'air vivifiant des montagnes, si semblables à celle de sa région natale. Il livrera à son assistant ses observations concernant la qualité du bois à couper. Son degré d'humidité, le temps de séchage nécessaire après la coupe. Des détails de construction également, des ébauches de nouvelles installations potentielles en vue d'améliorer la production. Toute son énergie mise au service de l'Empire. C'est pour cela qu'il a été envoyé dans ce camp. Celui qui l'a nommé sait qu'il pourra alimenter la machine mieux que quiconque. Il a agi de la sorte partout où il a servi. Il fera de même ici.

43.

Durant toute la matinée, je vois le plateau avec son petit déjeuner sur la marche. La journée est particuliè-rement chaude et il aurait dû remonter du potager depuis longtemps. Je laisse passer le temps, mais il n'apparaît pas. Les moineaux picorent le toast et finissent par le tirer hors de l'assiette. Les étourneaux et les tourterelles viennent à leur tour. Je cherche parmi les carrés, dans la mare et derrière la maison, mais je ne le trouve pas.

44.

« On construira un campement avancé pour que les travailleurs soient plus près des fronts de coupe. Il est nécessaire qu'ils passent davantage de temps à couper les arbres et moins à marcher – c'est ce que dit le nouveau commandant à ses officiers lors de leur première réunion, juste après avoir fait ses adieux aux cadres militaires sortants. Et aussi : « Les pensionnaires ne gaspilleront plus leur énergie en marches de plus en plus longues. Ainsi, ils mettront mieux à profit les courtes heures de lumière naturelle pendant les mois d'hiver. »

Le lendemain matin, le commandant s'adresse en personne aux captifs du haut de l'un des miradors de l'enclos pour leur communiquer les nouvelles règles. En outre, la ration de nourriture dépendra désormais du volume de bois abattu. Cinq mètres cube par homme et par jour. Cette quote-part atteinte donnera droit à une ration complète. Dans le cas contraire, elle sera diminuée d'un, de deux ou de trois quarts. Enfin, il les informe qu'un chemin sera damé pour relier la scierie et l'usine de créosotage au campement avancé. Plusieurs camions seront destinés au transport du bois depuis la base avancée jusqu'au camp. Plus question d'empiler les troncs le long des bords méandreux de la rivière en attendant le dégel.

Ils attendent que le commandant se retire, puis les chefs d'équipe mettent les prisonniers en rang pour entamer la marche. Leva et cinq autres hommes de son groupe sont écartés par leur chef et placés sous la surveillance de deux soldats. L'un d'eux leur fait signe d'attendre. Les hommes s'adressent mutuellement des regards lourds d'interrogations car ils savent tous que le moindre changement dans les habitudes ne présage rien de bon. Généralement, lorsqu'un prisonnier est séparé de son groupe, on ne le revoit plus. Ils veulent croire qu'on les emmène pour les affecter à un autre camp, à une mine ou une fabrique dont ils savent qu'il en existe dans tout l'Empire.

Aucun ne veut penser au jeu auquel s'adonnaient certains officiers de la précédente escouade de commandement. Le dimanche, ils choisissaient un ou deux prisonniers parmi ceux restés dans l'enclos, ils les conduisaient dans la forêt et les lâchaient dans une clairière pour qu'ils courent.

45.

Septembre est arrivé. Pendant la journée le soleil sévit toujours, mais moins longtemps. Les absences de l'homme sont désormais quotidiennes. Il part généralement à l'aube, parfois seulement après le petit déjeuner. À ma connaissance, il n'a utilisé qu'une seule fois le portail pour entrer ou sortir de la propriété, et je ne l'ai même pas vu. Il descend par les terrasses, lentement, avant de se perdre dans la vallée, en contrebas. En le regardant marcher, je me fais la réflexion qu'il ne boite presque plus, hormis les lenteurs propres à l'âge. Il n'est jamais venu vers moi pour que je le soigne. Tout au plus s'est-il laissé faire quand il le fallait, avec une docilité égale à la soumission dont il a fait preuve quand j'ai tiré sur lui. Il était resté immobile dans le couloir obscur. J'aurais eu largement le temps de le voir émerger de l'ombre et de vérifier qu'il ne représentait aucun danger. Le couteau dans sa main, petit comme un canif. Je l'aurais suivi en le tenant en joue jusqu'à la porte de la maison, sans plus. Mais il était resté immobile et j'avais tiré.

46.

Aujourd'hui le jardinier est venu. Je lui avais demandé de revenir trois semaines plus tard, mais cela m'était sorti de la tête. Pensais-je alors que ce temps serait suffisant pour résoudre le problème ?

Jusqu'à ce que je le renvoie chez lui, il venait souvent et il avait pour habitude d'entrer dans la propriété sans sonner. Aujourd'hui, en revanche, il a vociféré mon nom depuis le portail et il a attendu que je sorte pour l'accueillir. Comme le facteur et le caporal. La cordialité de nos échanges s'est évaporée depuis que l'homme est dans le potager. Aucun de ces individus, que je connais depuis tant d'années, ne se présente plus sous son jour habituellement naturel. On dirait les marionnettes du consul, avec leurs simagrées et leurs coups d'œil furtifs depuis le chemin.

Je le salue et je joue les étonnées en lui demandant le motif de sa visite, et lui, sans se découvrir, me rappelle mon dernier ordre. Il parvient à apercevoir, de l'autre côté de la barrière, la pointes en « V » des treillages et le haut des tuteurs où les feuilles de haricots s'exhibent, luxuriantes. Il ne peut s'empêcher de regarder en direction du potager, c'est son travail en fin de compte, et la raison de sa venue. Son regard ne comporte ni blâme ni remise en question. Il sait que je lui ai menti, que la raison pour laquelle je lui ai demandé de rester chez lui n'était pas celle que je lui ai donnée. C'est un homme docile et résigné. Il assume tout naturellement les limites qu'il ne doit pas franchir, spécialement avec nous, et il reste sur le chemin en attendant ma décision. Je voudrais lui demander de partir, perpétuer mon mensonge absurde en lui racontant que ces trois semaines de travail dans le potager m'ont fait du bien. Que je m'y suis sentie très à l'aise et que si j'ai pu le faire seule, c'est grâce à son exemple pendant tant d'années. Je voudrais lui dire qu'il n'est pas nécessaire qu'il revienne, que toutes ses années de service prennent fin et que je me chargerai désormais de ces tâches. Au lieu de cela, j'ouvre le portail et je l'invite à entrer.

Je le conduis jusqu'au perron où je lui demande de s'asseoir. Il grimpe les quelques marches, le béret dans les mains et l'attente au fond des yeux, cette fois, et il salue d'un signe de tête Iosif qui somnole dans son fauteuil à bascule à l'autre extrémité. Je lui propose un café ou une limonade, mais il me réclame de l'eau. J'entre dans la maison. Ce matin, à la première heure, j'ai vu l'homme s'allonger à côté des plants de courgettes. À cette époque de l'année, les pieds courent sur plusieurs mètres et les feuilles sont déjà grandes comme des ombrelles. Ensemble, elles forment une sorte de toiture continue, comme les feuilles de nénuphars sur un étang. Au cas où il serait là, on ne pourrait pas l'apercevoir depuis le perron.

Quand je sors avec le pichet, je trouve le jardinier en train de regarder la veste suspendue à la barrière blanche du verger. Je lui sers de l'eau et je m'assieds. En le voyant mal à l'aise, au bord de la chaise, avec cette attitude du corps qui dit : « Qu'est-ce que je fais là ? Je veux partir », je prends conscience que jamais auparavant je ne m'étais assise à la même table qu'un habitant du village. Le sommeil de Iosif, irrégulier, est fréquemment interrompu par une forte inspiration, comme s'il avalait sa bave.

« Je voudrais vous demander quelque chose », dis-je enfin. Je remarque combien il est tendu. Il n'est pas habitué à s'asseoir avec les patrons dans leur maison, et encore moins à ce que nous nous intéressions à lui. Il croit comme les autres qu'il n'a rien à nous raconter. Que sa vie ne présente pas le moindre intérêt. Les histoires familiales, uniques récits possibles, sont réservées à leurs réunions dans les faubourgs de Zafra ou de La Parra, où nous les avons confinés.

Je lui demande de me parler de ses origines. Il me dit qu'il est né à Santa Marta, un bourg voisin, sur la route de Badajoz, et qu'il s'est installé à La Parra, le village de sa femme, après son mariage. Il finit son verre d'eau à petites gorgées. Il prend son temps. Il essaie de retarder ma prochaine question tout en cherchant une excuse quelconque pour partir.

Nous parlons de Santa Marta, entourée de champs de céréales, dans la plaine, et de ses mines. Il me raconte que jusqu'à ce que je lui donne l'ordre de rester chez lui, il est venu de son village quotidiennement pour travailler ici, et qu'en plus de notre propriété il s'occupe de deux autres jardins.

Je ne veux pas aborder le sujet frontalement. J'ai peur de l'effrayer et qu'il se renferme encore plus. Je le prie de m'excuser et j'entre dans la cuisine d'où je ressors avec un demi-pain blanc, une assiette de boudin et un pichet de vin. Je lui en verse un verre qu'il commence par refuser avant d'accepter. Mon intention n'est pas de le soûler mais d'obtenir qu'il se détende. Après le troisième verre de vin et quelques dérobades, il me confirme qu'il vient bien travailler dans ce village car il n'y a pas de main-d'œuvre sur place. Je me décide enfin : « Pourquoi toutes les personnes employées dans les maisons et les propriétés d'ici viennent-elles d'ailleurs ? », je lui demande.

47.

Ils voient sortir les prisonniers qui partent sur les chantiers. Ils passent devant eux et beaucoup leur adressent un regard de compassion. En apparence, rien ne les différencie des hommes qui marchent aujourd'hui vers la forêt : mêmes guenilles, mêmes pommettes creusées, même peau crevassée et sépulcrale.

Un des nouveaux officiers s'approche enfin du groupe de Leva. Les sentinelles se mettent au garde-à-vous pour le saluer et il leur fait un geste pour qu'ils baissent leurs mains tendues. Il demande aux prisonniers si quelqu'un comprend sa langue, et trois lèvent la main sans écarter leur coude de leurs côtes. Il essaie ensuite en français et en espagnol, sans recevoir aucune réponse.

Il se présente, lieutenant Adrien Boom, et il leur explique qu'il est topographe de l'armée. Il a reçu l'ordre de tracer la nouvelle route. Pendant les prochaines semaines, ils seront ses assistants.

J'imagine le lieutenant Boom à cette époque : jeune, mince, ingénu peut-être. Noble en tout cas, et courageux sans doute, pour être capable d'agir comme il l'a fait avec cet homme, Leva.

Après cette brève présentation, il leur fait signe de le suivre. Les hommes se regardent, percevant tous quelque chose d'anormal chez cet officier. Ses attitudes ne sont pas celles d'un soldat. Il ne bouge pas comme eux, il ne crie pas. Sa bouche n'est pas un volcan d'où sortent des postillons de salive. Sa simple présence n'est ni blessante ni menaçante. Il est là, sans plus, prêt à mener sa tâche à bien. L'efficacité a banni la cruauté. Dans ce camp, ou dans d'autres, il a compris qu'un bon mécanicien ne doit pas permettre que les pièces de sa machine soient enrayées ou éraflées.

Le groupe suit le lieutenant jusqu'aux camions stationnés de l'autre côté de la rivière. Ils en sortent des outils, une paire de chaises pliantes, des chevalets et un tableau noir. Leva reçoit une caisse en bois petite et lourde d'où pend une bretelle. Il la met sur son dos et prend le tripode qu'on lui remet.

Ils marchent ensemble jusqu'à ce que le topographe ordonne de s'arrêter. Ils installent la table où l'officier déplie des plans et des croquis sur lesquels il pose des équerres, des rapporteurs et autres instruments de mesure et d'écriture. De la caisse en bois, il sort un théodolite qu'il monte sur le tripode. À Leva, le plus proche de lui, il confie la mire graduée et il l'envoie à une certaine distance. Les autres taillent des pieux.

En ce début de mois de mai, le cours de la rivière est impétueux. Le dégel est désormais irréversible et les taches vertes et brunes s'élargissent au rythme du débit de l'eau. Les rives sèches du début d'automne, les terrains rocailleux des méandres et même les pieds des aulnes sont noyés sous ce flux incessant.

Les hommes travaillent les manches relevées et, pour la première fois depuis leur arrivée, ils peuvent se reposer pendant la journée, car à cause d'une erreur de calcul ils sont plus nombreux que nécessaire pour effectuer ces tâches. Ni le topographe ni les sentinelles ne le font remarquer au chef, et pendant quatre semaines, Leva et les autres se réchauffent au soleil du printemps, buvant quand ils en ont besoin, chantonnant même pour certains.

48.

Le jardinier refuse de parler. Il me dit qu'il ne sait rien et j'en appelle alors à ses années à mon service et au respect que je lui ai toujours manifesté. Je lui rappelle qu'en une occasion je lui ai fait l'avance de son salaire afin qu'il puisse acheter des médicaments pour sa fille. Par mon entremise, le docteur Sneint avait télégraphié à un vieil ami, un capitaine de pharmacie, pour qu'il lui fasse parvenir depuis Barcelone les boîtes disponibles de ce médicament.

Il me demande la permission de se resservir du vin. Il remplit tellement son verre qu'il doit se pencher pour aspirer un peu de liquide avant de le lever. Il revient très longtemps en arrière. « Au début de la guerre », dit-il, et je suis surprise qu'il appelle *guerre* notre invasion. Il est vrai que dans nos livres d'histoire, l'annexion de l'Espagne est présentée presque comme une *fraternisation*, plutôt que comme le résultat d'une campagne militaire. Dans notre patrie, nos garçons se font de ce lieu une idée encore plus douce que celle que nous avions avant l'occupation.

Pour eux, l'Espagne est un jardin varié, riche et bien gouverné. Dans les gazettes, ils admirent des gravures des palais de Salamanque ou de Madrid. Les calanques paisibles de la Costa Brava, des châteaux et des cathédrales. Les champs de céréales de Castille, le tabac dans les aimables vallées de Cáceres, les vignobles de la Rioja, les pentes escarpées des Picos de Europa qui n'ont rien à envier aux paysages qui, pour beaucoup, leur sont familiers.

Il est évident qu'ils ont construit leur propre mythologie, eux aussi. Appeler « guerre » notre fulgurante invasion implique résistance et orgueil, or il est vrai qu'on ne leur a pas laissé le temps pour la première, et quant au second, nous avons su l'amputer convenablement, c'est clair.

Je lui demande de me parler des premiers moments de la *guerre*, et il me raconte que les militaires ont pris tous les villages de la région en même temps. « En deux jours pas plus », il dit. Dans son village et dans celui de sa femme, ceux qu'il connaît le mieux, ça s'est passé de la même façon. Ils ont rassemblé les habitants dans les églises et ils les y ont retenus afin de les informer de leurs nouvelles conditions de vie. Ensuite, beaucoup ont été emmenés vers des destinations inconnues. Je l'interroge sur ce village et il soupire. Il passe sa main sur son crâne, il réfléchit. Kaiser apparaît par le portillon donnant sur les terrasses. Lentement, comme toujours, il part à la recherche de l'ombre du chêne, une habitude qu'il a apprise de l'homme du potager. Que je crains de voir surgir du même endroit, indifférent à nous, et à

153

la présence du jardinier, un étranger pour lui, ou pire encore une personne connue.

D'après ce qu'il me raconte, je l'imagine là, précisément sur le muret des terrasses, quand il entend les premiers tirs venus du village. J'entends les détonations sèches qui se propagent dans la vallée, entre les amandiers et les ardoises. Lorsque l'interdiction de la chasse à la perdrix est levée, les vieux militaires sortent avec leurs chiens et leurs appeaux, et d'octobre à janvier les coups de feu retentissent dans les environs dès le matin, tôt. Quand les battues se déroulent à proximité, les perdrix rouges survolent les maisons dès les premières détonations, chancelantes. « Poum, fait Iosif en les voyant passer. La tête vers le ciel, la bave aux lèvres. Poum, poum », répète-t-il, les yeux brillants.

Une douzaine de soldats avance péniblement à travers champs, inspectant les chênes verts et les oliviers, piquant les ronciers du canon de leurs fusils, ouvrant à coup de machette l'enchevêtrement de ronces tissées. Ils montent en ligne droite, sans se préoccuper des bornes ni des clôtures, comme si on les avait mis sur des rails, en bas, à l'entrée de la vallée, canalisant leurs trajectoires à mesure qu'ils montent et que les flancs se resserrent. Sur les pentes, ils dominent les zones obscures. Au fond, la silhouette robuste du château s'élève, impuissante, éclairée à contre-jour par la lumière naissante de l'aube.

Si l'homme qui paresse maintenant dans mon jardin potager avait quelque chose à craindre, il se serait échappé au premier coup de fusil, les soldats

154

encore à bonne distance de lui. Il se serait accroupi puis, à quatre pattes, il aurait gagné le haut de la propriété pour monter le long du mur érigé contre le talus. De là, il aurait continué, sautant de propriété en propriété, laissant d'un côté le lazaret abandonné, évitant le chemin pour arriver au coteau d'où le versant de la sierra s'incline vers La Parra et Salvatierra. Là-bas, il y a de nombreux ravins, encaissés parfois entre les rochers, qui forment des replis, des caches, et même des galeries. Il aurait fallu une armée entière pour l'y dénicher.

Mais il ne fuit pas. Au contraire, hébété presque, il les voit approcher, sauter par-dessus les clôtures, piétiner les cultures, retourner les melons sur leur passage. Ni furieux, ni fatigués. Des êtres mécaniques. Déterminés dans leur avancée.

Il se retourne. Derrière lui, sur la terrasse supérieure, tout est tranquille. La vieille remise chaulée pour les outils, avec ses tuiles foncées et ses grilles forgées en croix aux fenestrons. Quelques figuiers, le poulailler et, au centre, le grand chêne vert sous l'ombre bleue duquel l'âne paît. Les abeilles bourdonnent dans les ruches de liège alignées sur la partie élevée du terrain, excitées par le début du jour, par la promesse de fleurs de courgettes s'ouvrant au rythme de la lumière croissante du matin. Il se retourne. Un filet de brise lui apporte les arômes de la coopérative vinicole, plus bas, dans les environs du village. Le replat du potager devant lui, flanqué par le ruisseau, et les hommes, qui arrivent. Ce sont des soldats. Il serre la main retenant la terre qu'il était en train de respirer et il la met dans sa poche pour vérifier que son couteau est toujours là. En palpant l'arme, la terre se renverse dessus, gâchant ses maigres possibilités de défense.

Il les contemple, paralysé. La façon dont ils montent, violant la quiétude des champs, éboulant les muretins dont il n'a pas connu la construction. Leur insolence énergique à transformer un territoire indéniable. Ce qui a toujours été là. La propre nature du temps.

Lorsque l'escouade aborde la dernière terrasse, il distingue enfin les visages de ces hommes. Au même moment, deux soldats sont aux prises avec la porte de la parcelle. Des planches de bois mal assemblées, attachées par un fil de fer barbelé à un pieu fixé dans le muret. Il suffit de jeter un coup d'œil au système rudimentaire de fermeture pour en comprendre le mécanisme. Il n'y a qu'à soulever la boucle de barbelés pour que la porte s'ouvre toute seule sous l'effet de sa propre distorsion. Pourtant, les soldats la secouent obstinément, leur intellect asphyxié par la jugulaire de leur casque trop serrée peut-être. Et comme ils n'arrivent pas à l'ouvrir, ils décident de monter sur le muret, faisant sauter au passage des pierres qui roulent jusqu'au ruisseau. Il se retourne vers la terrasse supérieure. Les deux intrus l'attendent déjà le fusil à la main, et ils le visent, baïonnette au canon.

« Que voulez-vous ? », il demande, mais ils ne lui répondent pas. Deux sculptures brunes et costaudes. Leva ne reconnaît pas la forme de leurs casques, ni leurs emblèmes, ni leur attirail. Ce ne sont pas des soldats espagnols, ça non. « Je n'ai rien fait », il dit, ignorant que ces mots seront presque les derniers qui sortiront de sa bouche pendant de nombreuses années.

Les militaires crient quelque chose qu'il ne comprend pas, mais dont le ton est impératif. La première chose qu'il entend dans la langue des soldats est un ordre. Il sait qu'ils attendent quelque chose de lui, et il est prêt à le faire, car la violence avec laquelle ils sont montés jusqu'à son potager le lui conseille. Mais quoi. Que doit-il faire ? La peur est une vis sans fin qui, alimentée par un vent incessant, a extirpé de lui les idées, les sens et même les perceptions. Et à présent, vide et creux, il ne sait pas s'il doit lever les bras, s'agenouiller, offrir du tabac aux soldats. La seule chose que la peur a laissé en lui, c'est elle précisément, la peur. Il crie en dirigeant son regard halluciné vers les soldats. Il crie en leur montrant les paumes de ses mains, et sa dentition irrégulière.

La tête d'un cheval apparaît derrière le mur qui sépare la propriété du chemin, à l'endroit même où les soldats ont sauté. Il est harnaché de courroies noires et porte une plaque métallique sur le front. Juché sur l'animal, un officier coiffé d'une casquette militaire rigide. Il essaie de s'éventer de la main tout en scrutant la cime basse des amandiers de la parcelle voisine, comme si les drupes vertes et veloutées étaient plus urgentes à considérer que les cris désespérés du villageois.

Le reste des soldats a déjà atteint le potager et commence à monter en direction de l'endroit où l'homme proteste toujours. Lorsque les militaires l'encerclent, sa voix commence à faiblir. Sans s'en rendre compte, il a laissé filer par sa bouche une grande partie des forces dont il aura besoin pour lutter s'il est agressé. Mais la baïonnette robuste à la cannelure létale, la feuille solide pointée directement sur son visage, ne favorise pas le calcul ni la mesure. L'homme qui la tient est jeune, encore plus que lui. La petite visière de son casque projette son ombre sur ses yeux bleus.

Pistolet à la cartouchière de cuir noir, harnachements complets, sangles. Ils se murmurent des choses entre eux. Ils conspirent contre l'homme seul qui annonce les temps nouveaux, le temps de l'être arraché, humilié, dépouillé. Sa chair restera accrochée aux mille barbelés qui l'attendent et il ne pourra rien faire pour l'éviter, l'homme que tous appellent Leva.

49.

Je relis la lettre du lieutenant Boom. Elle ne cesse de me stupéfier. Ce qu'il raconte est honteux. Un scandale, si nous formions un autre genre de société. Pourtant, j'ai sous les yeux ses mots, l'évidence que même parmi nous la noblesse est possible. Sorti du même moule que tous les autres, il a été capable de voir la réalité cachée sous ce qu'on lui avait si bien appris, à lui et à nous tous. Il se peut qu'il n'ait pas eu à faire d'effort, qu'il n'ait pas eu à oublier. Qu'il se soit laissé guider par son instinct, ou par un geste de la main de l'homme du potager, cette manière qu'il a de lever l'index quand il tient quelque chose dans ses mains. Ou par son regard, si lourd, ou par son attachement simple à la terre.

De ses mots, je déduis qu'à mesure que les semaines passent et que la route avance, naît entre eux quelque chose comme une amitié, une prédilection plutôt. Au fil des jours, les hommes comprennent que les tâches nécessaires pour assister le topographe dans le tracé de la voie sont peu nombreuses et qu'en l'absence de davantage d'autorité ou de brutalité, il est possible de temporiser et d'économiser son énergie. Ils parlent pendant les repas, ou les temps de repos. Ils manigancent et affinent toutes les manières possibles de s'absenter. Au début, quand ils reviennent pour recevoir de nouveaux ordres, ils restent immobiles à quelques mètres du topographe. Celui-ci, généralement plongé dans l'interprétation des plans ou des mesures, ne revient à lui qu'en remarquant la présence des hommes. L'équipe s'en rend compte peu à peu et les hommes s'éloignent du champ visuel de l'officier. Certains restent même à plusieurs mètres de lui.

Sauf Leva, étranger à ces subterfuges, toujours à l'écart. Non qu'il désire remplir un devoir qui n'est pas le sien. Plutôt à cause de la distance qu'il a instauré avec les autres. Pour eux, il est le muet, l'homme qui ne parle pas, ne se lie pas et ne se bagarre pas. Ils ne comptent sur lui que pour le travail, ils ignorent son nom et d'où il vient. Peut-être est-ce là le début de la prédilection. Leva est toujours face à lui quand Boom lève les yeux.

50.

Le tracé de la route est sur le point de s'achever et Leva et le topographe marchent au milieu des restes d'élagage, à la recherche de l'endroit où doit passer l'une des dernières courbes. L'officier tient un plan plié à la main. Il s'arrête, consulte ses papiers et regarde ensuite autour de lui. On dirait qu'il a perdu quelque chose, une abstraction, en réalité. Leva attend à côté de lui, il porte la mire et le théodolite. Au loin on distingue les baraquements du nouveau camp et les miradors entre lesquels il faudra tendre les bar-belés. Le soleil de la matinée assèche l'humidité des prés, égayant une brume de petits papillons blancs sur les coquelicots. Le lieutenant Boom, qui siffle habituellement lors de ses déplacements, reste silen-cieux. Quelque chose ne concorde pas entre le terrain et sa représentation. Il maudit les techniciens de l'Ins-titut géographique impérial qui ont dessiné ce plan. Ennuyé, il pose le théodolite en différents points suc-cessifs et ordonne à Leva de bouger avec la mire, d'un côté à l'autre, jusqu'à ce qu'il parvienne à ajuster un nouveau rayon pour la courbe. Il corrige le plan au crayon, regarde à nouveau autour de lui, évalue en plissant les yeux et juge enfin que le réglage est correct.

L'écueil vaincu, le topographe se remet à siffler. Leva est en train de ramasser les instruments pour se transporter sur le nouveau point et il s'arrête en reconnaissant la mélodie. C'est une chanson très populaire en Espagne. Elle passait à la radio et les orchestres qui allaient de village en village pour les fêtes l'interprétaient. Les femmes la chantaient pendant les moissons ou au puits. Leva la fredonnera désormais, et elle sera pour lui, inconsciemment, une ancre scellée dans la roche.

51.

Il revient tard. Je ne le vois pas. Mais je le sais car Kaiser se lève soudain et quitte la chambre. Je sors sur le perron au moment où il se fond dans l'obscurité au-delà de la barrière du potager. Le savoir de retour ici me rassure. Je me rends compte que du perron je surplombe la propriété. Comme l'officier, qui tant d'années auparavant, juché sur sa monture, tire d'un doigt sur le col de sa chemise. Uniformes d'hiver sous le soleil d'été qui féconde ces terres. Raisins en septembre, olives en hiver. Porcs noirs fouillant sous les chênes, transformant pour l'homme les huiles des glands en graisses odorantes. Puis l'officier, déjà las, ordonne quelque chose et c'est alors que les soldats, abandonnant leur lenteur féline, resserrent le cercle autour de l'homme, qui dort en ce moment près de mon chien. Le soldat aux yeux bleus avance jusqu'à ce que sa baïonnette se trouve à deux doigts du nez de Leva, dont le sang se glace.

Il tourne sur lui-même, essayant de couvrir tous ses flancs, et il veut crier mais il ne réussit qu'à exhaler de l'air, stupidement. Là, dansant dans ce cercle de loups, la bouche brûlante, se brisant la gorge en silence, il serre les poings devant lui et se prépare à se défendre comme jamais il n'a eu à le faire. Il se souvient du couteau. Un poing devant, en garde, il palpe ses poches de sa main libre et il le trouve. Il le sort, mais il n'arrive pas à en déplier la lame ridiculement petite. Une lame minuscule contre le feu de leurs fusils. Une feuille de vieil acier mille fois aiguisé sur des pierres rugueuses.

Soudain, tout s'accélère derrière lui, et avant qu'il ait pu se retourner, il est renversé ; en une seconde, il a un homme sur le dos, un autre qui lui immobilise les chevilles et deux sur les bras. La poitrine contre la poussière et le couteau loin de lui. Il crie à nouveau en silence et s'agite comme il peut, et pour la première fois, sans articuler un mot, il maudit ces bêtes venues d'on ne sait où. L'image des visages de sa femme et de sa fille éclate dans sa tête, il veut se libérer et il hurle, la bouche ouverte jusqu'à ses limites, tel un cabot échoué dans la sentine, à fond de cale. L'humiliation d'avoir été vaincu et la douleur blanche et aveugle d'ignorer où se trouve sa famille.

Il cesse de remuer lorsque son corps n'en peut plus. Ses muscles se détendent et il demeure haletant contre la poussière pendant un moment, puis sa respiration se régule peu à peu. Allongé, il voit un soldat remonter de la terrasse du potager avec, à la main, une poignée de bouts de cordes. Ce sont les fibres d'agave qu'il utilise pour accrocher les plants de tomates sur les tuteurs et qu'il garde en tas près des carrés afin de les avoir toujours sous la main. Le soldat en tire aussi de son sac. On lui attache les poignets dans le dos. Sans ménagement. Faute de voix, il serre les paupières et transpire. Puis on lui couvre la tête avec un sac qu'on noue autour de son cou avec une autre ficelle.

Quand il est enfin prêt, l'officier donne un ordre, et le captif est soulevé par deux hommes et conduit jusqu'au chêne vert. Là, à quelques mètres de l'âne, ils l'assoient contre le tronc rêche. Il entend l'officier crier des instructions, mais il ne peut pas le voir agiter le doigt en direction des cultures. Les soldats, tendus jusqu'alors, relâchent les épaules et s'éparpillent sur le terrain comme des cafards libérés. La plupart jettent leur équipement sur place et s'allongent, leur musette ou leur casque en guise d'oreiller. Certains en profitent pour fureter autour des ruches ou fouiller dans les carrés du potager. Un soldat se perd au milieu des pieds hauts et, à mesure qu'il découvre les légumes et les fruits, il les lève à bout de bras pour les montrer aux autres. Au début, il paraît surpris par le brillant des aubergines ou la couleur intense des poivrons. Il en soupèse un, l'ouvre et le renifle, croque dedans et recrache immédiatement, dégoûté par l'amertume. Seules les tomates ont l'air de lui plaire. Il les arrache n'importe comment, faisant vaciller les tuteurs légers. Il choisit les plus grosses et les plus rouges. Il mord dedans et le jus coule sur sa barbe clairsemée. Enfin, las de ne rien trouver d'appétissant, il rejoint ses compagnons et s'allonge sur la poussière, le menton encore humide.

Un autre, parti fouiner, trouve un melon parmi les feuilles rampantes. Il s'assied sur place et, tournant le dos aux autres, il l'ouvre transversalement avec sa baïonnette. Il jette les pépins, le coupe en rondelles, et ne dit à personne qu'il a enfin découvert un fruit sucré.

Contre son arbre, Leva entend les allées et venues des soldats sur le terrain. Il pense à sa femme et à sa fille, il se demande si elles ont subi le même sort. Tout ce qu'il a vu jusqu'à présent chez ces soldats lui semble nouveau. Même le cheval que monte l'officier lui paraît étrange : le garrot très haut, les crins longs et peignés, les oreilles petites et pointues.

Il imagine Teresa en train d'aider la petite Lola à escalader le mur en pisé de l'arrière-cour pour fuir par la ruelle de Zafra. Il les voit parcourir les rues, s'abritant sous les porches, avant de sortir du village. À cette heure, elles sont peut-être cachées dans la propriété où ses cousines sont servantes ; il le souhaite. Dissimulées dans une jarre en terre vide et placées sous la protection de la propriétaire des lieux, toujours si attentionnée avec elles et leur famille.

Peu avant d'être soulevé de terre, il entend l'officier crier et les soldats se mettre en route. Ils entrent et sortent de la remise, derrière lui, et ils en apportent des outils. Au tintement, il sait qu'ils ont pris au moins la pioche, une houe et la pelle. Et aussi qu'ils essaient de tout charger sur l'âne et qu'ils le harnachent mal, car l'animal braie, incommodé, la houe lui piquant le flanc peut-être.

52.

Cette fois, le facteur ne prend pas la peine d'appeler. Il laisse l'enveloppe où il avait déposé la précédente et il s'en va. Il ne furète pas, ne lève pas la tête, ne se penche pas au-dessus du muret. Il ne cherche rien. Il laisse simplement l'enveloppe et repart vers le village.

Le consul me convoque officiellement au château. Il enverra quelqu'un me chercher dans trois jours.

53.

Je le cherche depuis la barrière sans le trouver. Autour de moi, je vois le gazon complètement jauni, ce qui n'est jamais arrivé depuis que nous l'avons planté. Je me revois le sécateur à la main, égalisant les coins les plus difficiles d'accès après que le jardinier est venu le faucher, là où sa faux n'arrive pas. C'était ridicule, je le pense maintenant. Combien d'heures passées à entretenir ce grand miroir vert. La Terre désigne ses enfants, mais nous, une fois de plus, nous lui imposons nos bâtards maintenant ingérés.

Pendant que je monte les marches du perron, Iosif, dans son fauteuil à bascule, me rappelle le genre d'homme que nous avons à la maison. « Je l'ai vu. Il porte un de mes pantalons. »

Je le regarde fixement pour lui signifier une fois de plus mon irritation. Je prends une grande inspiration et je commence à lui raconter ce que j'ai découvert. J'insiste sur tout ce qui concerne les agissements militaires. Je le provoque avec des images horribles et mes propres jugements, et il se contente de me traiter de catin. « Tu couches avec lui, espèce de putain. » J'ai soudain l'envie de le tuer. D'entrer dans la maison, de décrocher le fusil et de lui faire sauter la cervelle, à mon mari. Cet homme qui a obligé notre fils à prendre les armes. Cet homme qui a mis en pièces des innocents. Son attitude dans le fauteuil à bascule est insolente. Il a les jambes écartées et je vois distinctement l'énorme tache d'urine sur son pantalon. Il m'accuse de traîtrise et il dit que je mérite la pendaison, que s'il n'était pas dans cet état, il me rouerait lui-même de coups et me jetterait aux poules.

Je le fais. J'entre dans la maison, je décroche le fusil. Face à lui, j'ouvre le canon pour vérifier qu'il est chargé et je le vise. Il ne referme pas les jambes. Au contraire, il voudrait poser sa main sur ses testicules et me provoquer, mais ses bras n'ont plus de tonus musculaire et il ne parvient qu'à bouger légèrement l'épaule. La Eva d'avant resurgit brièvement et je sens que mon devoir est de l'aider à attraper ses testicules, la main ouverte, franchement, et à tirer dessus vers le haut.

54.

Au milieu de l'été, une fois réglée la question de la route, ils s'installent dans le campement avancé. Leva et les autres réintègrent leurs anciennes équipes. Le fond de la vallée étant presque complètement rasé, les groupes commencent à travailler sur les versants. L'émondage est rendu plus difficile par le terrain pentu, car le mouvement des troncs devient imprévisible. Certains roulent à toute vitesse et les hommes qui s'affairent en contrebas n'entendent pas toujours les avertissements de ceux qui sont au-dessus. On envoie chercher des villageois qui instruisent les prisonniers sur la manière de travailler dans ces conditions. Ils cognent sur les troncs d'un côté puis de l'autre, placent des cales et, une fois abattus, les arbres sont empêchés de rouler par leurs branches. Pour les descendre, ils les percent aux extrémités avec de grands vilebrequins, comme ils l'avaient fait pour le train de bois, et ils forment des radeaux de trois ou quatre pièces liées entre elles par des chaînes. Des mules gigantesques les tirent jusqu'aux glissoirs, cloaques de boue dans lesquels les hauteurs se vident.

Les conditions de vie dans le campement sont les mêmes que dans le camp, à la différence que les premières semaines les planches des baraquements sentent la résine, elles n'ont pas encore absorbé jusqu'à saturation la pestilence des hommes et elles ne suintent pas la puanteur.

Désormais, Leva ne prête plus guère attention aux saisons, car mesurer ce qu'il sait interminable n'a pas de sens. Le passage du temps est enregistré dans le corps des hommes, transformé par l'impératif biologique qui fait que les tissus se déshydratent, les neurones cessent de se multiplier et le sang se charge des bourbes de la vieillesse. Ceux qui ont tenu le coup depuis le début, rudoyés hiver après hiver, et dont la nature n'a pas plié, manifestent une crispation particulière : muscles creusés, contractures, aplatissements, difformités. Veines gonflées sur les avant-bras et les tempes, comme déposées sur la peau.

Au début, la violence poussa leurs traits singuliers vers quelques zones sombres, dans l'arrière-salle de l'esprit. Dans des recoins que la plupart des hommes ne visitent jamais au cours de leur vie. Ensuite, ce fut le cours du temps lui-même qui acheva d'éteindre la lumière des lampes. À présent, l'homme qui conservait encore une quelconque chaleur au fond de lui, un signe aussi faible soit-il de l'appel de l'être, ne le cultivait plus. Ceux qui étaient arrivés avec une foi supportèrent un peu mieux les premières années. Ils possédaient en eux un espace où personne ne pouvait pénétrer, ils le savaient. Leva vit des choses qui lui parurent impensables des années après. Des juifs qui refusaient de travailler le jour du shabbat. Des orthodoxes et des catholiques qui supportèrent des châtiments inimaginables pour avoir réclamé un enterrement digne pour un autre homme ou l'inscription d'une croix sur le tronc où leur ami avait péri. Leurs pétitions furent rejetées à la manière de la troupe : à coups de crosse et devant tout le monde. La majorité d'entre eux se replièrent, et ceux qui continuèrent à vivre dans leurs temples rocheux durent vivre comme les marranes de Tolède, les juifs convertis. Même ainsi, beaucoup moururent, leurs remparts effondrés, car le moment vint où la faim, le travail incessant ou le désespoir finirent par les éroder.

Dieu aussi vit son fils se vider de son sang sur un madrier et il assista à sa torture comme aucun père ne l'aurait fait. « Tu auras une place près de moi au Ciel », lui susurra-t-il, les griffes des pontifes et des scribes déjà sur ses talons. Mais entre l'arrestation et le calvaire, le Fils eut le temps de voir l'espérance tomber à l'eau. Le Père n'était pas là, dans la pièce où ils le frappaient avec des verges à pointes de plomb. « Il m'attendra derrière les murs du palais de Pilate. Il viendra à ma rencontre, il débouchera d'une des ruelles de la Via Dolorosa. Avec une écuelle, il versera de l'eau sur ma tête et je verrai le sang provoqué par les épines tomber sur les pierres du sol. Sa main aimée me guidera, son nom sera mon nom, sa chair, ma chair. Sa puissance convertira le lourd madrier que je porte en nuage de poussière, et il fou-droiera d'un seul regard ceux qui me frappent aujour-d'hui. Mon Père libérera les captifs, il parlera aux enfants perdus, il fera jaillir le pain à côté des cloaques que son peuple habite. Mon Père me sauvera de la mort qui m'attend maintenant sur le Golgotha. »

La foi est un diamant serti dans la chair. La chair qui se flétrit et contracte des maladies. La peau se décolle et les tendons deviennent cassants, et le diamant tombe ou se dresse, s'évanouit dans la noirceur de l'espace dont la limite ultime est inconnue, pas même imaginée.

Les remparts de Leva n'ont jamais été épais, et pourtant il a prié souvent. Imploré, plutôt. Une meute de chiens galeux le pousse vers une falaise. Au bord du précipice, lorsque les possibilités se résument à être dévoré ou tomber dans le vide, l'ultime verrou saute et, dans le même temps, il implore les Cieux et ses sphincters se relâchent. Combien de fois s'est-il vu au bord de cette falaise ? À force de rencontrer la mort, il s'est enveloppé de sa cape de silence, fuyant tout autant la lumière et l'obscurité.

55.

J'ai fait tout le chemin jusqu'au lazaret en larmes. M'arrêtant souvent contre un mur pour reprendre mes esprits. À la maison, j'ai fini par laisser tomber l'arme à mes pieds, incapable de tuer mon époux, et Iosif a éclaté de rire, et j'ai subi ses insultes ininterrompues jusqu'à ce que j'ouvre le portail et que je parte. Il est peut-être toujours en train de m'humilier, tout seul. Cet homme ne mérite ni son repos ni mes soins.

C'est l'ombre d'un amandier qui pousse contre une des façades du petit édifice qui m'a apaisée. Ses feuilles fines, les drupes ouvertes et sèches autour de moi, car personne ne vient récolter les fruits d'un arbre collé contre la maison où des lépreux devaient rester quarante jours à l'isolement avant de pouvoir entrer dans le village. Assise par terre, comme lui, apprivoisée par cette même fertilité qui le calme, j'ai vu comment ils le traînent sur ce chemin qui m'a conduite jusqu'ici, le soleil haut dans le ciel, les braiements de l'âne. L'officier sur sa monture regroupe le peloton autour du cheval qui se cabre, rendu nerveux par la tension du mors et les éperons qui lui électrisent la panse. Une écume blanche jaillit continûment des commissures de ses lèvres, humidifiant les pierres du chemin.

Deux hommes soutiennent Leva, un troisième guide l'âne chargé et un quatrième les escorte. Les autres sautent par-dessus les murets en pisé et forment une ligne pour continuer la battue jusqu'en haut de la colline. Je les attendrai ici, dans le lazaret. Ils apparaîtront n'importe quand et ils me trouveront sous cet arbre, telle une chienne qui se cache pour mettre bas. Faible, aussi fragile que ses baies d'hiver au milieu des cristaux de neige.

Comme lui, je les vois moi aussi approcher, et arriver si près que je peux distinguer leurs visages. Leurs yeux transparents et troubles à la fois, remplis d'une eau stagnante capable de filtrer ce qui ne mérite pas d'être considéré. La douleur d'autrui, par exemple. Leur couleur – cobalt, aigue-marine, turquoise – résulte de la lumière qu'ils reçoivent là-bas, dans le Nord. Une clarté atténuée par le feuillage des noyers et des hêtres. Ici, en revanche, la lumière resplendit les dix mois de l'année. Rien ne s'interpose entre la terre et le soleil qui ricoche sur les façades chaulées et aveugle les hommes. Là-bas, des rigueurs étrangères aux nôtres : le froid, l'humidité et, semble-t-il, les sévices.

56.

Ils atteignent les parois rocheuses au cours d'un printemps plutôt froid. Les sapins, les épicéas et les mélèzes sont tombés les uns après les autres et ont ensuite roulé au bas de la pente pour être chargés dans les camions et emportés au camp. Ensuite, la scierie et les bains de créosote, chauds puis froids, qui pénètrent au cœur du bois vivant, dans les interstices que seule la sève remplissait. La forêt réduite à une géométrie d'empilements de traverses par l'efficacité et la dégradation des hommes.

Ils mangent assis sur des pierres. Sous leurs pieds, la terre retournée. Il y a longtemps que les oiseaux sont partis et les seuls bruits désormais sont ceux qu'ils font, ou le souffle du vent. Les lapins ont également disparu, ainsi que les renards et même les taupes. Les seuls animaux qui restent, une colonie de vautours, forment des cercles en tournoyant dans les hauteurs, resserrant leur étau angoissant sur le monde. Ils observent ces formes de vie résiduelles avant de poser leurs yeux jaunes sur l'élu de leur choix : un mulet, un cheval, un homme.

Ils lui ont confisqué depuis longtemps la hache et les autres outils coupants. Deux hivers plus tôt, ils l'ont trouvé au bas de la pente, recroquevillé dans un ravin. Il avait des coupures sur tout le visage. Les hommes qui le trouvèrent arrivèrent au moment où Leva levait la lame, un pied nu sur une souche. Ils l'attrapèrent par-derrière et le jetèrent au sol. Il ne se débattit pas, ne résista pas. Ils le portèrent là où l'équipe travaillait afin que le chef décide quoi faire de lui. Ses compagnons le virent arriver le visage ensanglanté et un pied déchaussé, fredonnant son absurde chanson populaire. Pendant la pause du déjeuner, il resta allongé à quelques mètres de ses compagnons, les mains attachées dans le dos. Ceux qui l'avaient trouvé profitèrent du temps de repos pour raconter en détail comment ils étaient tombés sur lui ; à partir de ce moment-là, il cessa d'être *le muet* pour devenir *le fou*.

À la tombée du jour, de retour dans la vallée, il fut mis à la disposition du capitaine chargé de la direction du campement avancé qui l'observa un long moment : le visage strié de sang séché, le pied déchaussé, les cheveux sales et emmêlés. Le captif regardait dans toutes les directions, plissant les yeux puis les ouvrant exagérément. Ce n'était pas la première fois que l'officier se trouvait en face d'un dément, et il savait bien ce qu'il devait faire de lui.

Ils ne se parlent pas pendant qu'ils mangent, ils ne se regardent pas non plus. La forêt qu'ils ont eux-mêmes détruite n'est pas partie sans laisser de traces. Elle a laissé derrière elle un silence qui pénètre les hommes et les enferme. Et aussi une danse de rapaces qui courtisent lentement, car ils savent que seul celui qui sait attendre vaincra.

57.

J'étais décidée à rester dans le lazaret éternellement pour ne plus jamais revoir Iosif, comme si c'était possible. Je m'étais échappée de la maison avec une détermination de petite fille, et je reviens maintenant, morte de faim, comme une fillette. Je ressens de la honte, et de la peur aussi. Il ne me battra pas, mais ce qui m'attend est un surcroît de vexations.

Quand j'aperçois la maison, je repense à l'homme du potager. Malgré la douleur qu'elle suppose, cette pensée m'éloigne de Iosif. Ils viennent de le traîner sur le chemin. Il est là, à côté de l'âne, emmené par sa triste escorte. L'officier et les soldats avancent vers l'endroit où je me trouve, formant une ligne de battue. On dirait qu'ils cherchent des saboteurs ou des criminels, et non des paysans. Que veulent-ils ? Les terroriser, les recenser, les informer des améliorations de leurs conditions de vie, les évangéliser ?

Le soleil projette des ombres noires sous les amandiers. À intervalles réguliers, on entend des tirs suivis de battements d'ailes d'oiseaux effrayés. Certains semblent provenir du village, mais d'autres, plus proches, éclatent sur les flancs de la Sierra Vieja. Toujours encapuchonné, Leva sait d'où viennent les détonations. Il pense aux terres de son cousin, où il cultive l'olive, au pied du pic El Mirrio comme ils l'appellent, le plus élevé dans les alentours du village et d'où l'on domine même la terrasse du donjon du château.

Ils marchent sans hâte, s'arrêtant fréquemment pour fumer ou boire à leur gourde. N'importe quel prétexte est bon pour perdre un peu de temps dans cette parenthèse inespérée de liberté dont ils ont eu la chance de bénéficier. Sur les bordures poussent des cistes verdissants, et aussi des fleurs d'ajoncs et de lavande, mais rien de cela ne retient l'attention des soldats. Non plus que l'arôme de thym, abondant dans les parages, et que Leva respire mêlé à l'odeur de chanvre du sac qui lui recouvre la tête.

Ils arrivent au village par le Pilar de la Cruz, un coteau où se trouve un abreuvoir adossé à une maison ; les animaux s'y arrêtent avant de rentrer dans les cours ou de partir aux champs. Vers le nord, la pente descend en direction de La Albuera, et au sud elle est occupée par le village aux maisons blanches. De cet endroit partent les chemins vers Burguillos et La Parra, et la rue du Duque, qui vient de l'église, tourne et monte jusqu'au château.

Sur le petit plat formé par le virage, ils ont rangé des camions bâchés, des véhicules légers, des motocyclettes et une douzaine de canons de grand calibre qui attendent d'être déployés dans le château et sur les défenses naturelles de ses contreforts. Ils assoient

Leva par terre, le dos appuyé contre l'abreuvoir, et ils allument des cigarettes. Au loin, la surface du lac de barrage de La Albuera scintille, entourée d'une large demi-lune de terre grise et stérile.

Trois soldats avancent sur le chemin de La Parra avec un autre captif. Les hommes qui surveillent Leva leur font signe d'approcher, même s'ils doivent de toute façon passer devant eux. Tous les soldats qui ramènent des villageois ont reçu l'ordre de les conduire à l'église, et le Pilar de la Cruz est la seule entrée permettant d'accéder à la partie supérieure du village.

Les soldats se saluent et échangent des cigarettes contre du feu. Ils font asseoir leur prisonnier à côté de Leva. Un vieil homme, les mains attachées dans le dos et les yeux bandés avec un chiffon sale. Il porte un béret noir, plutôt jeté sur la tête que bien mis. Leva sent près de lui la présence du nouveau venu et l'odeur âcre et racornie des hommes de la campagne. Le vieux tousse. Les soldats bavardent et la fumée de leurs cigarettes les enveloppe avant de s'évanouir dans l'air.

Le vieux tousse à nouveau, puis il penche la tête vers Leva et murmure :

— Qui es-tu ?

Leva reste immobile. Il est encore commotionné et incapable de répondre. Les soldats bavardent toujours au-dessus de leurs têtes.

— Tu es du village ? Les soldats t'ont pris ?

— Je suis Leva.

— Leva. Je suis José, *el Tocino*.

— José.

— Ils t'ont frappé ?

— Oui.

Ils se taisent. Chacun dans sa propre obscurité, mais avec la certitude à présent que ce qui leur est arrivé, tous ont pu le subir. Plongés dans l'abîme sur les hauteurs de la terre stérile. L'éminence qui surplombe les versants, les grandes vallées et, au loin, la plaine de Barros ; ces hauteurs d'où s'épandent les flancs montueux. Leva songe à cet homme, plus âgé que lui, qu'il connaît depuis toujours, et avec les enfants duquel il a grandi. Ensemble, ils ont dévalé les côtes, fait rouler des cerceaux. Ensemble, ils ont attrapé des grenouilles et aider à tuer le porc, les animaux. Les enfants de ce village forment un autre village. Ils ne doivent rien à personne quand ils passent leurs journées en jeux inutiles, sans autre objectif que de jouer. Les rires sur la Corredera, les glaces de Jaramillo en été, les gaufrettes en hiver. Les portes des maisons toutes entrouvertes, jamais fermées. Les rideaux tombants, immobiles, parce qu'il n'y a pas de brise en août, sauf pendant les nuits parfumées.

— Qui sont-ils, José ?

— Je ne sais pas.

— Pourquoi nous font-ils ça ?

Leva reçoit le premier coup de crosse sur la pommette, et José sur la bouche. Les deux crient, gesticulent, essaient de se relever, de s'enfuir, mais les soldats continuent de les frapper jusqu'à qu'ils cessent de bouger.

58.

Le lieutenant Boom est le seul à agir pour tenter
de le sauver de la mort certaine qui l'attend. Il explique
au capitaine que Leva est un travailleur loyal. Qu'il ne
s'est jamais mêlé aux bagarres, n'a jamais essayé de
s'enfuir. « Il a bien servi Sa Majesté », conclut-il.

Il prononce cette dernière phrase d'un ton qui se
veut définitif, en appuyant bien sur le mot *servir*.
Conscient que le terme sous-entend une volonté inexis-
tante là-bas. Le capitaine, qui fourrage dans les papiers
empilés sur son bureau à la recherche de quelque chose,
marque une pause et jette un bref regard au topographe,
avant de reprendre. Il est bien décidé à se défaire d'un
travailleur dont il estime qu'il a atteint la limite de
sa capacité de rendement, et qui souffre de démence,
mais surtout, il n'est pas prêt à supporter qu'un officier
de rang inférieur monté précipitamment du bâtiment
de l'administration lui dise ce qu'il doit faire avec
ses travailleurs.

— Regardez son visage.

Il désigne par la vitre de la fenêtre l'endroit où Leva attend, menotté, au sol. Un soldat debout à côté de lui, le fusil pointé vers le pâturage.

— Savez-vous que lorsqu'on l'a trouvé, il était sur le point de s'amputer un pied avec sa hache ?

Le lieutenant Boom nie de la tête.

— Vous comptez peut-être m'assurer que demain il ne tuera ou ne mutilera pas un autre travailleur, voire un de mes hommes ?

Il agite à nouveau la tête en signe de dénégation. L'image de cet homme renfermé de l'autre côté de la vitre ne facilite pas sa défense.

— Je ne vous comprends pas, Boom. Je ne comprends pas pourquoi vous vous êtes précipité dans mon bureau, ni ce que vous faites en protégeant ce fou.

Le topographe garde le silence car il ne sait pas répondre aux questions du capitaine. La nouvelle de la détention de Leva lui est parvenue le matin même. Il a entendu des soldats en parler dans le réfectoire où de légers paravents de bois séparent les officiers de la troupe.

Il n'a pas terminé son petit déjeuner et il est sorti pour se rendre chez le commandant auquel il a demandé, sous un prétexte quelconque, l'autorisation de monter au campement. Il a fait le trajet à cheval, préoccupé par le sort de cet homme silencieux qui avait travaillé sous ses ordres quelque temps auparavant. En apparence, il n'est en rien différent des autres, de ceux qu'il voit mourir chaque jour, à cause

184

de cette exploitation sans limites à laquelle il participe lui aussi.

— Il est là depuis des années. Il ne reste que lui de son contingent.

— Et alors ?

— Alors vous savez aussi bien que moi que ce camp ne durera plus très longtemps. Le bois est presque épuisé et bientôt nous partirons.

— Raison de plus pour ne pas s'encombrer avec lui.

— Il l'a gagné, d'une certaine manière.

Le capitaine adresse un regard furibond au topographe, qui se tait.

— Cet homme n'a rien gagné du tout, et à moins que le chef du camp ne se porte responsable de lui par écrit, vous savez ce qui l'attend. À l'aube, mes hommes l'exécuteront. S'il vous intéresse tellement, vous pourrez le récupérer en milieu de matinée et faire de son corps ce que bon vous semble.

Boom revient le soir même avec un ordre signé du commandant enjoignant le capitaine de lui remettre Leva. Pour l'obtenir, il a dû faire valoir sa relation personnelle avec lui, excellente depuis que la route a été terminée très rapidement et très efficacement. « J'ai besoin d'un homme pour m'aider, puisqu'il faut commencer à démanteler l'exploitation », a-t-il dit.

Deux jours plus tard, Leva est ramené au camp pour être réaffecté. On le conduit dans le bâtiment de l'administration où le topographe l'attend. L'escorte frappe à la porte et l'ouvre en entendant « entrez ». Le lieutenant est en train d'écrire quelque chose. Sur une table contiguë, plus petite, un soldat tape à la machine. Quand la porte s'ouvre, tous deux relèvent la tête et regardent Leva. « Approche, lui dit le topographe. À partir d'aujourd'hui, tu vas travailler pour moi. Tu feras tout ce qu'on te demande, avec rapidité et efficacité. Je sais parfaitement que tu peux le faire. À ma demande, tu as été réaffecté à mon service. J'assume une grande responsabilité en te gardant ici. Ne me déçois pas, tu sais ce qui t'attend sinon. » Leva est debout, les mains menottées devant lui et le regard perdu quelque part entre le plafond et le mur situé derrière le topographe. Il ne donne aucun signe d'avoir compris ce qu'on lui a dit, ni même d'avoir entendu. Le secrétaire observe la scène, tendu. Il voit Leva pour la première fois, mais il déduit de son aspect qu'il vient du campement des bûcherons.

— Tu comprends ce que je te dis ?

Le secrétaire attend, il l'observe, les doigts suspendus au-dessus des touches.

— Tu comprends ?

Le ton du topographe se fait impatient face à l'immobilité du prisonnier. Il ne l'a jamais entendu prononcer un seul mot et il n'espère pas qu'il le fasse aujourd'hui. Il a seulement besoin d'un geste affirmatif qui lui permette de continuer son travail.

— Merde ! Tu as passé la moitié de ta putain de vie ici. Tu devrais avoir appris quelque chose de notre langue.

Leva demeure immobile. Seules ses pupilles roulent nerveusement en tous sens. Le topographe commence à regretter son intervention.

186

Il est debout, la jointure des doigts appuyée sur la table. Les épaules et les jambes en tension comme s'il allait d'un moment à l'autre sauter par-dessus le bureau et se lancer sur Leva.

— Oui, monsieur.

L'officier respire et relâche ses épaules. Soulagé, et surpris aussi d'entendre pour la première fois le son de la voix de celui qui a été son assistant et pour lequel il a été sur le point de risquer son poste. Le secrétaire demeure immobile, désireux qu'il se passe quelque chose. Quelque chose qu'il pourra raconter au réfectoire aux rares camarades qui sont encore là.

59.

Je dois descendre à l'église avant que les envoyés du consul viennent me chercher. Telle est ma décision. Le besoin impératif d'être là-bas même si je ne peux rien y voir. Consciente que je n'y trouverai pas de vêtements abandonnés ou de restes de harengs, ni le vieux tabernacle profané. Je dois aller respirer l'air de ce lieu et contempler ses murs car je n'ai plus aucun doute, ils sont imprégnés de la douleur concentrée et des hurlements des mères qu'ils ont abrités. Il doit rester des traces des hommes humiliés, traînés sur le sol lisse et frais, la tête couverte. Leva voudrait porter ses mains à son visage, évaluer la blessure, la caresser, mais elles sont toujours attachées dans son dos, et sa tête est recouverte d'un sac. Il sent la présence d'une foule de personnes autour de lui. Leurs murmures, la sueur aigre des hommes à nouveau, la chaleur des corps réunis. À la façon dont l'espace résonne, il suppose qu'ils se trouvent dans l'église, ce qu'il constate rapidement en tâtant du bout des doigts les dalles dans son dos. Dont les motifs géométriques l'ont distrait toute sa vie pendant la messe. Les joints remplis d'un fin lait de chaux.

Il lui faut du temps pour prendre pleinement conscience de sa situation. Il se souvient des soldats montant vers son potager, et du moment où on lui a masqué les yeux. Il sent son corps, et pas seulement son visage, endolori par la privation de mouvement de la détention et par les efforts des premières tentatives pour se libérer.

Il perçoit des murmures autour de lui, des pleurs et des cris, suivis de la voix des soldats. Le son douloureux des crosses frappant ici et là pour faire taire les lamentations. « Apprenez comme moi j'ai appris et taisez-vous, se dit Leva. Il y a quelque chose dans notre voix qui révulse les soldats. »

Au milieu de la confusion, il essaie de trouver la voix de sa femme ou les pleurs de sa fille, mais l'église, avec ses hautes voûtes et ses murs, transforme tout en un vacarme indéchiffrable. Allongé sur le côté, contre les autres encapuchonnés, il soulève la tête et tend l'oreille du mieux qu'il peut, mais il lui est impossible de séparer un seul fil de cette trame infernale. Quand il n'en peut plus, il pose la tête sur le sol et il ne sait pas s'il se sent soulagé ou apeuré de n'avoir pas pu identifier les voix de Teresa et de Lola. Il les revoit à l'abri, dans les jarres vides ou dans une bergerie de la plaine. Il se refuse à penser à la paralysie de sa femme face aux cris des militaires, ni à la place qu'elle pourrait occuper dans ce chœur de pleureuses. Il ne veut pas imaginer bien sûr ce qui s'est véritablement passé : les soldats ont remonté la rue tôt le matin en donnant des coups de pied dans les portes des maisons. Ils ont surpris Teresa dans l'alcôve, en train de s'asperger le visage avec l'eau de la cuvette. Elle ne portait que sa chemise de nuit quand le premier soldat a ouvert le rideau séparant la salle de la chambre.

Leva ressent des pincements dans le ventre et sa tête roule sur des vagues de plomb. Il veut crier leurs noms, mais il n'ose pas par peur d'être frappé. Son premier renoncement. Personne n'est au-dessus de sa propre enveloppe charnelle. Le sang versé créant de nouveaux motifs, capricieux, sur les dalles d'argile compressée.

Les cris de Iosif me tirent de mes pensées. Il veut manger et me le signifie de façon grossière. Il me fera payer ma bravade pendant le reste de mes jours. La paix ne reviendra pas dans cette maison, ni même cette calme distance dans laquelle nous vivions. Je lui apporte la nourriture au lit, d'où je ne l'ai pas sorti de toute la matinée. L'odeur d'urine empeste. Je laisse le plateau à côté de lui, une assiette de soupe tiède et un morceau de pain. Je le regarde. Je ne l'alimente que par compassion, je le sens, parce que même lui ne mérite pas de récolter la mort qu'il a semée. Je veux penser qu'il n'est pas coupable, car s'il l'est, qui suis-je moi, après tant d'années passées à ses côtés ? Si je l'avais su avant, quand il était encore temps, je lui aurais souhaité de vivre ce qui vient de

m'arriver : la cassure totale de la mécanique, l'effon-
drement. J'ignore, dans ce cas, ce qu'il serait advenu
de lui, toujours contraint à l'affrontement, incapable de
douter. Comment aurais-je pu savoir que ce serait
ma faiblesse qui me sauverait ? Et maintenant que
je le sais, je me demande de quelle manière j'aurais
pu le lui faire comprendre.

Quelque chose appuie sur ses reins. Un autre corps.
Celui de sa femme peut-être. Il susurre son prénom,
et ne reçoit pas de réponse. Il tâte du bout de ses
doigts derrière son dos et il croit toucher des genoux
sous le tissu d'un pantalon.

« Qui es-tu ? », murmure-t-il. Silence. « Qui es-
tu ? », répète-t-il en élevant légèrement la voix. Les
genoux s'écartent de son dos et reculent vers l'ombre
que chacun a commencé à habiter.

Il transpire de la tête et le contact avec le chanvre
entraîne des picotements insupportables et puisqu'il
ne peut pas utiliser ses mains, il frotte sa tête contre
le sol pour se soulager. Mais le frottement sur la
trame de fils tressés produit de nouveaux picotements,
et même s'il sait que ce n'est pas la solution, il
continue de gratter sa peau jusqu'à ce que le sang
coule. Il a la bouche sèche, il n'a pas bu depuis le
matin ; en arrivant au potager, il avait rempli une
écuelle d'eau au ruisseau.

Il s'efforce à nouveau de comprendre ce qui est en
train de se passer, et il ne parvient à aucune conclusion
raisonnable. Des soldats dont il ne comprend pas la

langue ont déboulé soudainement, ils l'ont frappé et capturé sans qu'il les ait offensés.

Dans les heures qui suivent, un temps impossible à mesurer, il pleure pour sa femme et sa fille. Il tâche de neutraliser les contractions de son diaphragme afin de ne pas attirer l'attention des soldats qui ont enfin réussi à réduire le vacarme et à imposer un calme fragile exempt de cris et de larmes. Il pleure en pensant à elles, à leur sort, et aussi parce qu'il n'était pas auprès d'elles quand les soldats sont entrés dans le village. Il pleure de n'avoir pas su qu'ils viendraient, de ne pas pouvoir libérer ses poignets, enlever le capuchon et tuer ne serait-ce que l'un d'eux avant d'être roué de coups.

Puis, sans l'avoir décidé, il se met à crier à l'intérieur du capuchon et à se débattre pour essayer de dégager ses mains. Dans ce moment de calme, et profitant de l'assoupissement qui amollit à présent la troupe, il réussit à s'agenouiller puis à se relever. Il a le temps de crier le prénom de sa femme, en se cassant de nouveau la voix. Les bras attachés dans le dos, entouré de corps étendus sur le sol, on dirait un galérien débarqué sur un quai au milieu de balles de marchandises. Plusieurs soldats abandonnent ce qu'ils sont en train de faire et se jettent sur lui de différents côtés. Ils courent sur les gens au sol et ils le maîtrisent avant qu'il ait eu le temps d'entendre les cris de sa femme, à quelques mètres de lui.

60.

Il a dessiné une silhouette dans la terre à l'une des extrémités du jardin potager. On dirait une danseuse sans tête ni bras, ou un entonnoir.

Au milieu de l'après-midi, trois officiers arrivent dans l'église et les soldats qui gardent la porte principale s'écartent en claquant des talons. Les nouveaux venus s'arrêtent face à la nef remplie de monde ; seuls les encagoulés et quelques enfants ne les regardent pas.

Un capitaine, un lieutenant et un sous-lieutenant. Ils restent quelques secondes sous l'arc du portail. Le capitaine se découvre, et les autres l'imitent immédiatement. La brise souffle par cette porte comme nulle part ailleurs dans le village, elle ébouriffe leurs cheveux. Ils jettent un coup d'œil à l'intérieur où, malgré la lumière ténue, ils distinguent les formes entassées sur les bancs et dans les allées. Il ne reste pratiquement plus un espace vide entre le portail et l'autel.

Ils font appeler le sergent qui dort dans la sacristie, installé sur un empilement de chasubles dont il s'est fait un matelas. Ils le voient sortir de sa chambre improvisée, occupé à rentrer sa chemise dans son pantalon, la veste jetée sur une épaule.

L'homme rejoint les officiers et il les informe du nombre de personnes détenues, dénombrant la quantité d'hommes, de femmes, d'enfants et de vieillards. « Ceux-là sont aptes », dit-il en désignant l'endroit où gisent les encapuchonnés.

« Conduisez-nous », ordonne le capitaine. Le sergent s'écarte dans un claquement de talon et leur indique le chemin d'une rapide inflexion du buste, en tendant le bras vers le fond de l'église. Ils tentent d'avancer en longeant le mur ouest, mais la multitude qui grouille jusque dans le moindre recoin du temple les empêche rapidement d'avancer. Le sergent donne alors un ordre et plusieurs soldats se précipitent pour ouvrir le passage au cortège. Le groupe s'arrête au milieu de la nef, car l'attention du capitaine a été attirée par la chaire en fer forgé, repeinte en noir à de multiples reprises. Il l'observe comme s'il était seul au monde, il passe la main sur le pied en marbre lisse qui la soutient avant de glisser la tête dans le petit escalier en colimaçon, dont il monte même quelques marches afin d'apprécier de plus près les matériaux et les formes. Sa curiosité enfin assouvie, ils poursuivent leur chemin vers le maître-autel, au pied duquel les gens s'entassent jusqu'au chancel. Au milieu des corps émerge l'autel en granit revêtu de sa nappe blanche quadrillée par les plis du repassage. À force de cris et de menaces de la crosse de leurs armes, les soldats permettent au cortège d'atteindre sa destination. Le capitaine prend son temps pour observer le retable chargé de motifs dorés. Sur la crédence, il prend entre ses mains divers objets liturgiques dont il évalue la valeur pendant quelques secondes. Le sergent s'impatiente, désireux de conclure la visite et de regagner son coin dans la sacristie. Incapable de comprendre pourquoi cet homme à qui il doit obéissance peut se distraire ainsi dans une telle situation. Des martinets noirs volent au-dessus de leurs têtes, effectuant de brusques virages entre les nervures des voûtes et les clefs des arcs, indifférents à la misère des hommes.

Dans l'église presque réduite au silence, le capitaine prend la parole dans sa langue, et après avoir prononcé quelques mots, il s'arrête et le sous-lieutenant traduit.

« Nous sommes une force pacificatrice et vous n'avez rien à craindre. » Et aussi : « Vous avez été réunis dans cette église dans le seul but d'être comptés. Quand l'ordre sera rétabli, vous pourrez regagner vos maisons. »

Un murmure général s'élève, et cette fois les soldats attendent immobiles, dans une attitude martiale. Personne ne veut regarder là où les encapuchonnés gisent comme des marchandises. Leur présence contredit les paroles du sous-lieutenant, mais pas un dans l'église ne peut le dénoncer. Le capitaine et son entourage laissent les chuchotements se prolonger un bon moment. Puis, considérant que cela a assez duré, le gradé lève les bras et réclame le silence ; l'agitation ne s'atténue pas.

Ils amènent le seul homme du village qui a gardé les mains libres et la tête découverte : le secrétaire de mairie. Quand elles le voient apparaître par la grande porte, les femmes l'interpellent par son prénom et l'interrogent sur leurs maris, sur ce qui est en train de se passer. Elles l'attrapent par sa veste. Il essaie de les calmer, avant que les soldats ne les frappent pour les écarter.

Le capitaine l'accueille dans le chancel et, aidé par le sous-lieutenant, il lui transmet des ordres stricts. Le secrétaire lève les bras et les agite pour que tous se taisent, et le raffut diminue progressivement jusqu'au silence. « N'ayez pas peur, dit-il. Ces soldats sont venus pacifier l'Espagne. Ils sont envoyés par les autorités de Madrid. Ils sont ici pour nous aider. »

La majorité des villageois regroupés là sont analphabètes et, au-delà de la figure du gouverneur civil, ils ignorent qui sont ces autorités dont le secrétaire leur parle. Le capitaine communique de nouveaux ordres que le secrétaire exprime du mieux qu'il peut. « L'Espagne a été attaquée et notre gouvernement a demandé de l'aide à nos alliés. La situation est désormais sous contrôle. Pour l'instant, le temps qu'ils finissent leur travail, ils vont vous emmener au Verger des Griottes où les soldats ont monté un campement avec une infirmerie et un réfectoire. Là, les familles pourront se regrouper, et ensuite vous serez reconduits dans vos maisons. À présent, vous devez vous taire pour que les soldats organisent le départ. »

Le murmure renaît. Il y en a même qui sourient, nourrissant l'espoir que cette violence ne soit, au plus, qu'un excès de zèle de la part des militaires. Une nécessité quand on doit prendre en charge autant de gens inconnus et différents.

61.

Comme souvent, je m'arrête au Pilar de la Cruz pour laisser la jument s'abreuver. L'animal mouille sa langue dans l'eau obscure, Leva couché à côté de ses sabots, sur le point d'être roué de coups de crosse. Le pilier, le virage, le château voisin, les chemins, tout ce qui m'entoure est plein de leurs ombres qui arrivent au village depuis leurs champs, sous la surveillance des soldats. Ces hommes sont conduits à l'église, un cœur qui bat à l'envers, absorbant les fluides, et qui ne pompera plus qu'une seule fois.

Les gens me regardent passer dans la rue du Duque. Je salue de la tête et je sens leurs prunelles sur mon dos. Des bannières et des étendards ornent déjà les grilles. Tout est prêt pour le Jubilé. Notre drapeau flotte sur la colonne de granit de ce qui fut autrefois le Rincón de la Cruz, une placette située dans la partie basse de la rue. J'imagine les chants des cordonniers installés sur les marches pentues. Entourés de pièces de cuir et d'alênes qu'ils affilent sur la meule installée derrière la colonne.

Je descends sur la place d'Espagne où quelques-unes de mes connaissances prennent l'apéritif en terrasse. Je note qu'elles me suivent elles aussi des yeux quand je mets pied à terre et que j'attache Bird à la grille de l'église. Je pourrais me précipiter dans le temple, me soustraire à leurs regards, mais je préfère m'arrêter devant le portail et lever la tête vers le saint Bartholomé qui le couronne. Il lève son couteau bien haut, piétine Bélial. Leurs images, nos armes.

Je m'assieds sur le dernier banc pour pouvoir contempler la nef, les autels baroques, les bénitiers en coquilles renversées. Ici, le moindre bruit venu du village reste en suspension et s'il pénètre par la porte ouverte, il est immédiatement retenu par le tambour d'entrée en bois foncé faisant office de coupe-vent. À mes pieds se trouve le prie-Dieu du banc précédent. Je devrais m'y agenouiller, prendre ma tête entre mes mains et demander pardon. Pas à ce Dieu apathique qui me regarde, mais à eux. Qui ne sont pas là. Sauf lui, Leva, le seul, le vieil éléphant. Et je m'accroche à lui en silence, déchirée, seule avec lui.

Le premier camion arrive peu après que le capitaine et ses accompagnateurs ont abandonné cette nef. Un véhicule bâché aux roues en caoutchouc plein montées sur des jantes aux rayons fondus. Ils ont posé des sacs de sable et des planches sur les marches du porche principal de l'église qui donne sur la Corredera afin de former une rampe et de pouvoir approcher le véhicule jusqu'à l'entrée du temple. Le camion recule dans une manœuvre brusque, et ils le font grimper sur la pente robuste. Le bois crisse et les sacs s'écrasent sous son poids. Le véhicule peine à attaquer le premier tronçon, et ils doivent mettre davantage de planches et d'autres sacs de sable pour adoucir le départ de la rampe. Quand l'arrière du camion se cale enfin devant le porche, les soldats restés à l'intérieur ouvrent grand les portes de l'église et les captifs sentent l'air de la rue dont ils étaient privés depuis de nombreuses heures. Un trouble s'empare d'eux quand ils découvrent l'arrière du véhicule bloquant l'entrée. Au-dessus, ils aperçoivent un ciel sombre, chargé d'étoiles scintillantes.

La sortie parfaitement obturée par le camion, les soldats tirent les loquets de la porte-pont qui tombe et bouche l'ultime espace, entre les roues, offrant une possibilité de s'enfuir. Le sergent commence à donner des ordres et les soldats écartent un premier groupe de captifs, le plus proche de la porte, qu'il fait monter dans le camion. Ils comptent les têtes et s'arrêtent quand le quota ordonné pour chaque voyage est atteint. Les femmes hissent les enfants qui, enfin libérés, galopent partout tant qu'ils ont de l'espace, et frappent du pied sur les planches qui résonnent comme une scène de théâtre. Ensuite, elles aident les anciens à monter sous le regard des soldats.

Quand le camion est plein, deux hommes remontent la porte-pont, referment les loquets et frappent sur la caisse. Le moteur démarre en expulsant un nuage de fumée noire à l'intérieur de l'église. Le véhicule met plusieurs secondes à démarrer, crachant toujours plus de fumée dans la nef à chaque coup d'accélérateur. Il faut ensuite laisser les portes ouvertes durant un bon moment pour que l'air redevienne respirable.

62.

Le prêtre apparaît à la porte de la sacristie et avance jusqu'au chancel. Il déplace quelques objets, replie un linge et se dirige vers le lutrin où il feuillette un ouvrage. Il relève la tête pour tenter d'apercevoir quelque chose dans l'orgue situé derrière moi et il remarque seulement alors ma présence. Je le regarde s'avancer et je constate qu'il n'a pas beaucoup vieilli depuis la dernière fois que je l'ai vu. Il est clair que les souffrances du peuple de Dieu ne flétrissent pas autant la chair que celles de sa propre famille. Au début, il me confond avec une autre dame. Il m'appelle Madame Sommer. Je lui dis qui je suis et, plus curieux qu'effrayé, il s'assied à côté de moi. Il prend des nouvelles du « colonel » et regrette que je ne vienne plus à l'église depuis si longtemps. Il doit être le seul dans la colonie à ne pas être au courant des rumeurs, à ne pas faire de messes basses, à ne pas avoir une opinion hostile à mon égard. Le pauvre homme s'intéresse même à la santé de Thomas. Puis, négligeant sa maladresse, il m'invite à prier à sa mémoire, et moi qui ai consacré ma vie à me souvenir de lui, qui le vois partout dans la maison, je me recueille à côté de lui, et je laisse les cris des fils qui furent enfermés ici résonner dans mes oreilles.

Lui non plus ne sait rien. À part les rumeurs et les ragots. Il me dit, comme Pilate, que l'Espagne était déjà pacifiée quand il est arrivé. Je me montre pieuse, démunie, nécessiteuse de ses conseils, et les ragots prennent corps peu à peu. Le temple s'obscurcit et d'un recoin proche s'élèvent les lamentations du groupe de captifs réclamant de l'eau. Le dernier camion est parti depuis longtemps en direction du Verger des Griottes, et l'église s'est peu à peu remplie de soldats à la recherche d'un endroit où passer la nuit. Les premiers arrivés rapportent les vêtements liturgiques de la sacristie pour s'en faire des tapis, comme l'avait fait le sergent. Pendant les premières heures, alors que le capitaine était attendu et que l'église grouillait de prisonniers, les soldats s'étaient tenus. Mais à mesure que le temple se vidait, ils s'étaient adonnés au pillage. L'un emporta une patène ou des burettes polies, et même la petite cuillère de l'encensoir. Il n'y avait déjà plus trace du calice que le sergent avait glissé dans son paquetage après avoir forcé le tabernacle en faisant levier sur la porte avec sa machette.

Sur le piédestal où se tient la statue de sainte Geneviève, les mains, les pieds et la tête en cire apparaissent et disparaissent au rythme nerveux des flammes des bougies allumées. Seuls quatre soldats dont c'est le tour de garde sont éveillés. Ils bavardent, assis sur les bancs à proximité des détenus. Ils ont ignoré leurs plaintes pendant des heures mais le moment vient où un captif, incapable de supporter davantage sa soif, se redresse et demande de l'eau tout en se protégeant la tête de coups éventuels. « De l'eau, dit-il. De l'eau, je vous en prie ! » Des soldats protestent dans l'obscurité. Ils réclament le silence et l'un d'eux, encore ensommeillé, se lève, fait quelques pas et se plante devant les sentinelles auxquelles il s'adresse sur un ton autoritaire en leur frappant le dos. Il désigne les détenus en pressant ses camarades de leur donner à boire une bonne fois pour toute afin qu'ils se taisent. D'autres voix ordonnent de faire silence, et ils sont sur le point de réveiller le sergent quand un des soldats sort de l'église et revient sur le champ avec une cruche et une boîte de conserve vide.

Comme ils ont reçu l'ordre de ne leur enlever leur cagoule sous aucun prétexte, ils leur donnent à boire à travers la toile des sacs. Un soldat lève la cruche tandis qu'un autre attrape le détenu par la nuque et plaque la boîte de conserve contre le tissu, là où se trouve la bouche, il suppose. L'eau trempe le jute et coule le long du torse, formant des mares sur les arabesques des dalles.

Peu avant l'aube, deux soldats vont d'homme en homme pour changer leurs liens. Ils coupent les ficelles autour de leurs poignets et les rattachent, devant ; quand ils sont tous prêts, ils font appeler le sous-lieutenant, qui met un certain temps à arriver.

Le jour éclaire déjà les vitraux quand l'officier paraît. Il leur raconte qu'ils resteront encore quelques heures ici et qu'ils ne doivent pas s'inquiéter pour leurs familles, on s'occupe bien d'elles. Ils retrouveront bientôt leur vie normale.

« Ils mangeront encapuchonnés. La moindre tentative pour enlever le sac sera punie », dit-il. Ses paroles flottent un instant dans l'air profané.

63.

Ils passent encore plusieurs heures reclus dans l'église. Dehors, les camions continuent d'aller et venir, et leur bruit, même atténué par les murs, se glisse à l'intérieur. Certains tirent des remorques et d'autres des canons montés sur des affûts en bois peint.

À midi, ils reçoivent une ration de nourriture : pain, harengs séchés et vin à la tireuse que les militaires ont pris à Casa Mateo, l'épicerie la plus proche. Un soldat leur donne un morceau de pain et un hareng, et un autre, qui porte une cruche recouverte d'osier, verse le vin dans des écuelles en aluminium. Au bruit du liquide frappant le métal, les hommes lâchent la nourriture et palpent le sol à la recherche du récipient dont il pense qu'il contient de l'eau. Presque tous boivent la première ration avec impatience. Ils ouvrent la bouche et la toile se glisse entre leurs lèvres, certains s'étouffent, d'autres, dépités, recrachent le vin. La plupart s'abandonnent à cette bénédiction et avalent leurs harengs à toute allure. Ils glissent le poisson raidi entre leur cou et la corde qui entoure le sac, et ils le manœuvrent avec plus ou moins de succès. Les soldats rient en les regardant manger la tête couverte et les poignets attachés. Ils se moquent d'eux tout en se passant une bouteille de vin qu'ils tètent comme un biberon. Les prisonniers continuent de manger jusqu'à vider la caque. Captifs, la tête couverte, ils sont incapables d'interpréter le fait que chaque fois que leur écuelle est vide, elle est immédiatement remplie de vin. Ils boivent ainsi jusqu'à saturation et sombrent les uns après les autres dans la somnolence, le sac parfois rempli d'arêtes et de têtes de poissons dont les écailles dorées brillent comme de délicates paillettes de nacre.

64.

La façon dont le curé me parle de ce qui s'est passé dans ce même temple, en truffant son récit de digressions, de remarques spirituelles et même de blagues, m'écœure, me dégoûte. Je l'interromps pour insister, par exemple, sur les capuchons ou sur la manière dont on les a nourris, tel qu'il me l'a raconté. « Cela ne vous paraît-il pas humiliant ? », lui dis-je. « Des petits détails sans importance », me répond-il. Il me prie de ne pas me scandaliser, cela n'en vaut pas la peine. Beaucoup de ces hommes auraient conspiré contre l'Empire s'ils n'avaient pas été prisonniers. « Nous leur avons apporté le progrès. Sachez que sans nous, ils continueraient à vivre comme des sauvages. » La première fois que j'ai vu de près le visage de l'homme me revient à la mémoire. *Sauvage* serait l'adjectif approprié pour décrire cette figure striée de cicatrices. Je préfère toutefois ignorer les commentaires du curé. Je veux qu'il me dise ce qu'il sait. Je veux compléter un récit qui m'aide à comprendre pourquoi, par exemple, dans cette même église, aucun de ces hommes ne s'est révolté. Le plus simple serait de penser qu'on ne fait pas de bon vin dans un mauvais tonneau. Que le bois qui pousse sur cette terre a été cintré pour contenir l'essentiel : le travail, l'abnégation et le fatalisme. Ni le courage, ni l'héroïsme. Des attributs que nous nous réservons à nous-mêmes. Pourtant, il y a des sentiments d'une autre qualité chez l'homme du potager. Des liens qui unissent les individus à la terre où ils sont nés. Des émotions jamais révélées, qui leur sont désormais inutiles, étouffées par l'extraordinaire violence avec laquelle notre armée les traite. À la tombée du jour, on les bourre de coups de pied pour les réveiller. Encore soûls pour la plupart, ils se laissent faire. Des hurlements répétés et encore des coups, les soldats obtiennent qu'ils se mettent debout, et ils avancent cahin-caha vers le camion telle une bande de satyres au retour d'une orgie. Ils grimpent difficilement dans la caisse, en rampant sur les planches pour certains. Ici aussi il y a des vêtements abandonnés dans les coins, des boîtes de conserve et des excréments, mais aucun ou presque ne le remarque.

Avant de partir, un soldat leur ordonne de s'asseoir sur le sol. Il remonte la porte-pont, frappe sur la caisse, et le camion démarre, faisant tomber les prisonniers les uns sur les autres.

Ils font le même chemin que le reste de leurs concitoyens. La rue de Nuestra Señora de Guadalupe, pavée de galets d'ardoise posés sur la tranche. Les ânes en agrippent les biseaux quand ils sont chargés.

Ils posent la pointe de leurs sabots et montent sans danger, même les jours où la pluie dévale les rues.

S'il n'avait pas été ivre et encapuchonné, Leva aurait tracé mentalement le trajet suivi par le camion pour arriver au Verger des Griottes. Il aurait même su à quel moment ils passaient devant la porte de sa maison. S'il avait pu la voir, il se serait étonné de la trouver grande ouverte, et non entrebâillée selon la coutume des villages du Sud. Comme les autres dans cette partie du village, sa maison est située sur le versant donnant sur la plaine. Un couloir partant de la porte d'entrée descend jusqu'à la cour de derrière. La chaux qui recouvre les voûtains de brique arrondis s'écaille à cause de l'humidité provenant du toit fissuré. De là, la vue est majestueuse. L'été, au coucher du soleil, l'astre dore le ciel à l'ouest. Un convoi militaire avance sur la route de Badajoz en direction du sud-ouest.

65.

Vers la mi-septembre, le ciel se met à la pluie. Le vent apporte de gros nuages venus d'Almendralejo et il les amoncelle jusqu'à ce qu'ils se fondent en une nappe grise au-dessus de laquelle le ciel craque. La jument piaffe dans l'écurie et les poules battent des ailes frénétiquement. Les première gouttes éclatent sur la poussière fine du chemin sans la pénétrer. Boules d'eau sur le sol, salies de sable écrasé.

Je le trouve assis entre les carrés. Je sais avec certitude qu'il ne rentrera pas dans la maison, et je lui propose donc de se réfugier sur le perron ou dans l'écurie. Les cheveux emmêlés par le vent, je l'avise : « Vous allez prendre mal avec toute cette eau. » Pour toute réponse, il s'allonge face contre terre, la poitrine sur le sol mouillé. L'air est pure générosité, il enveloppe la peau, l'illumine. On pourrait y voir pousser des fleurs et même des récoltes de céréales.

De la porte, je vois les gouttes qui tombent de l'auvent du perron. « C'est seulement de l'eau, me dis-je. Il a supporté des années de travail sous la neige et dans le froid, et ce n'est qu'un orage de septembre, dans le Sud. » Je me répète qu'il ne tombera pas malade à rester deux heures sous cette pluie vivifiante.

66.

À onze heures du matin, comme cela m'avait été notifié, un sergent et deux soldats de la garnison se présentent au portail où je les attends depuis un moment. Les mains serrées sur les barreaux, j'ai vu approcher la voiture brinquebalante : un véhicule à deux essieux et quatre mules, absolument inadapté pour grimper jusqu'ici. Il est clair que le consul me démontre ainsi son respect pour ce que je suis tout en me signifiant la gravité de notre rencontre. Une telle ostentation va nous obliger, c'est certain, à aller jusqu'à la mine romaine afin de trouver un embranchement où faire demi-tour avec une telle roulotte. Quand le sergent me tend la main pour m'aider à monter dans la cabine, je le regarde dans les yeux, et il a beau arborer une attitude respectueuse, il ne parvient pas à éviter un geste de lassitude. À cause de mon regard sévère, mais surtout parce ce qu'ils ont dû rencontrer des difficultés pour faire venir les mules et le véhicule jusqu'ici.

À vol d'oiseau, la maison n'est pas très éloignée du château. Je l'aperçois depuis le perron, mais le chemin paraît interminable car il est obligé de tire-bouchonner à chaque petit vallon. Les roues retombent sur les marches d'ardoise du sentier, la grande cabine me secoue et je m'accroche au banc. J'aurais dû demander la permission d'effectuer le trajet sur ma jument. Un animal qui me connaît comme personne, qui sonde les nids-de-poule de ses mains ferrées et épargne à mes os de vieille femme beaucoup de dou-leurs. « Madame Holman, vous savez que ces chemins sont sujets à de nombreux éboulements, m'aurait dit le consul. Si vous aviez un accident en venant seule, je ne me le pardonnerais jamais. » S'il s'agissait de rassurer le consul, j'aurais pu faire le trajet avec le sergent tirant la longe et deux soldats derrière, mais les coutumes et les formes ont la peau si dure qu'il faudra des siècles à l'Empire pour s'en débarrasser. Tout ce qui émane du château doit dégager un air de grandeur. Ce que je pourrais comprendre si nous étions dans la capitale, mais qui se révèle exagéré et vain ici.

On me fait passer dans la salle de bal pour attendre le consul. L'ancien sol d'ardoise a été recouvert d'un parquet en teck foncé sur lequel les dames les plus distinguées ont tournoyé. Ici, toutes nos jeunes filles sans exception ont sacrifié au rite d'entrée dans la société. Les brocards accentuent la pénombre, comme s'ils absorbaient non seulement les sons mais aussi la lumière.

Ce matin, pendant que j'attendais les émissaires du consul, je n'ai pas cessé d'entendre sa toux. Je n'aurais pas dû lui permettre de rester sous une pluie qui a duré beaucoup plus longtemps que je le pensais et, possiblement, de ce que son corps peut supporter. Mais que pouvais-je faire ? L'attacher à Bird et le tirer jusqu'à l'écurie ?

J'entends un claquement de talons décidé qui se rapproche, de l'autre côté de la porte. Je sens mon cœur qui bat à tout rompre. Je sais ce que je crains et pourquoi mes mains sont humides de sueur. Je connais la manière de procéder de l'aimable et raffiné consul qui nous gouverne. Et comment, en sa présence, toute affirmation ou toute question évolue toujours par des chemins circulaires.

Des mois ont passé depuis la dernière fois où je l'ai vu. Il porte des éperons d'argent sur des bottes dont je connais parfaitement la forme. Il prend ma main et la porte à ses lèvres sans les poser. J'incline la tête cérémonieusement et lui adresse un regard empli de candeur et de soumission. Il prend des nouvelles de Iosif. S'il y a une évolution, ou s'il est toujours *prostré*. C'est le mot qu'il a utilisé. « Quelle tristesse, se lamente-t-il. Lui qui a toujours été si énergique ».

Il me parle du salon dans lequel nous nous trouvons, des bals qui y sont donnés tous les ans et que je connais si bien. « Bien entendu, me provoque-t-il, nous pourrons compter sur votre présence aux célébrations du Jubilé, n'est-ce pas ? »

Toutes les fois que je l'ai croisé depuis que je vis dans les colonies, il a évoqué devant moi l'époque où il avait fait la connaissance de Iosif. « C'était à Semna », me redit-il, comme si je l'ignorais. Ils étaient fraîchement diplômés de l'académie de sous-officiers et ce poste à l'arrière était leur première affectation. Je sais parfaitement par Iosif que ce consul n'est jamais parvenu en première ligne. Qu'il n'a jamais dégainé le sabre devant aucun ennemi. Que la fois où il a frôlé la mort de plus près, ce fut pendant un voyage à Khartoum où il avait dû se rendre pour délivrer un communiqué. Son cheval avait perdu pied, lui était tombé sur un petit talus et il s'était éraflé le côté contre des rochers. Dans les réceptions et les bals, sa propension à entamer des conversations débouchant inévitablement sur la cicatrice qui traverse ses côtes de haut en bas est notoire. Au fil des années, sa vanité a transformé l'accident en exploit belliqueux.

Il est troublé, et même si à l'évidence ce n'est pas sa tasse de thé, ses manières dénotent un excès de théâtralité. Sa façon de s'asseoir au bord de la chaise à la manière d'une dame chaste ou de se frotter les mains comme s'il les lavait. Ses pauses aussi, ou le temps qu'il a pris et les histoires qu'il m'a racontées avant de me convier enfin à m'asseoir.

— Ce que je dois vous dire est très embarrassant pour moi.

Ses paroles flottent dans l'air. Une nouvelle pause théâtrale qui mériterait un soufflet de ma part, si nous n'étions pas tenus par les règles de la courtoisie.

— J'espère que vous me comprenez, poursuit-il.

Il s'est penché légèrement vers moi pour prononcer ces mots. Bien que nous soyons seuls dans le grand salon, on dirait qu'il me confesse un délicat secret d'État.

— Madame Holman, je vous ai fait appeler pour que vous démentiez les rumeurs qui rapportent que vous avez accueilli un indigène dans votre maison.

Il me regarde. Ses yeux débordent de compassion. Il aurait pu me créer une foule d'ennuis, or il a préféré user de ses prérogatives afin de m'éviter d'avoir affaire à la justice. Il me suffit de nier et je ne reverrai pas le consul avant longtemps. C'est aussi simple que cela.

Pourtant, il s'est passé tellement de choses depuis que l'homme est arrivé qu'il m'est impossible de faire ce qu'il me demande. S'il m'avait convoquée quelques semaines plus tôt, j'aurais peut-être même été reconnaissante que quelqu'un se charge de lui. J'aurais regardé ailleurs, une fois de plus, et si j'avais eu la moindre intuition à son sujet, elle se serait évanouie en quelques jours. Et je me serais de nouveau occupée de mes fleurs, la conscience tranquille.

67.

Tousser et creuser. Voilà à quoi il consacre son temps. Je l'interroge sur ses intentions, sans recevoir aucune réponse bien sûr. Il passe des heures à frapper mollement le sol du potager avec une hachette, là où il a dessiné son étrange danseuse. Il n'est même plus capable de choisir correctement l'outil approprié. Une sarclette comme celle que j'utilise pour remuer la terre des géraniums aurait été plus adaptée. Il reste là, à genoux ou allongé. Tapotant le sol, écartant la terre avec ses mains pour la déposer précautionneusement sur les contours de la première silhouette.

Il est là, un après-midi, quand je lui apporte le plateau. Il arrête son travail en m'entendant. Aux aguets, l'outil en l'air. Il lui suffit de se retourner pour me voir avec la nourriture. Je suis à deux mètres de lui. Il me fixe droit dans les yeux. Je reste immobile, car il y a dans son regard quelque chose que je n'ai jamais vu. Ni chez lui, ni chez personne. C'est celui d'un enfant ébloui par une comète. Une soie incandescente vacille au fond de ses orbites et m'enflamme. Je sens mon regard qui se mouille et mes lèvres qui tremblent. Mes cheveux sont de cendres, et rien de ce que je sais ou ressens ne m'est utile pour me couvrir dans cet état de nudité.

Il se retourne et laisse l'outil retomber sur la terre, et je reste debout, derrière lui, le plateau dans les mains, flageolante. Son entonnoir, ou sa danseuse, a déjà deux empans de profondeur.

68.

— Oui, c'est exact. Un villageois vit sur ma propriété.

Ma réponse prolonge indéfiniment mon séjour dans le salon, et peut-être au château. Si le consul était un homme prompt à appliquer strictement la loi, il devrait procéder immédiatement à ma détention ; je serais mise à la disposition du magistrat dont je devrais attendre la venue sous la surveillance d'un gardien. Ils enverraient un huissier de justice avec plusieurs soldats dans ma propriété, ils la fouilleraient et reviendraient avec l'homme. Je perdrais mes droits coloniaux et une fortune en amendes, et lui serait pendu sur la place de la Corredera.

— Madame Holman. Vous n'avez peut-être pas bien compris ma question. Pardonnez ma maladresse. Je me suis sans doute mal exprimé.

— J'ai parfaitement compris votre *accusation*.

Je vois l'irritation jaillir au fond de ses yeux et les traits de son visage se raidir.

— Personne ici n'a parlé d'accusation.

Il fait un énorme effort pour rester calme, pour laisser le ballon de sa colère se dégonfler. Il respire profondément, ferme à demi les yeux. N'importe quoi pour ne pas se lever et me gifler, ce qu'il aimerait faire sans nul doute. Je ne devrais pas l'avoir mis dans une telle situation. Je mesure combien mon attitude doit lui paraître provocatrice, mais l'enjeu est important et je ne me sens pas maîtresse de mes réponses. Il supporterait d'être apostrophé par un homme, à cause de la logique parfaitement huilée entre gentilshommes : ils bavardent, se disputent, vociférent et se battent le cas échéant, en duel même. Mais je suis une femme et je le défie. Lors d'un bal, nous sommes autorisées à donner notre avis sur la peinture ou la musique, si nous ne nous montrons pas plus brillantes ou éloquentes que les hommes présents bien sûr, même s'ils sont majoritairement incapables de distinguer une symphonie d'une polka. Nous avons la permission de parler de politique, toujours dans la mesure où nous ratifions les opinions de nos époux, et particulièrement afin que nous dotions le discours impérial d'une dimension toute maternelle. On apprécie beaucoup que nous parlions des soldats comme des « fils de la patrie » ou de « nos garçons », laissant entendre qu'un jeune homme qui combat pour l'Empire est aussi notre fils.

69.

Chaque jour avant l'aube, il fait le tour des pièces de la maison des officiers et nettoie les poêles et les cheminées. Il sépare avec une pelle les cendres des charbons qui ne se sont pas consumés. Il reste généralement un peu de braise de la nuit qu'il rassemble avant d'ajouter des allume-feux et des pommes de pin séchées. Il ouvre les manettes de tirage et quand il a terminé sa ronde de nettoyage le feu a pris dans la plupart des poêles. Il dispose alors le bois nécessaire, règle les arrivées d'air et fait un ultime tour pour s'assurer que tout va bien.

Il lui faut plusieurs semaines pour s'habituer à sa nouvelle tenue et aux habitudes d'hygiène qu'on exige de lui car il côtoie du personnel militaire de haut rang. Après avoir porté pendant des années des hardes dépenaillées dont il ne changeait qu'à la mort d'un autre homme, avec des pantalons retenus par des ficelles, il se sent mal à l'aise dans des habits à sa taille, étroits, inconfortables.

Sa tenue doit être, sinon impeccable, du moins propre et en bon état. Quand un vêtement est déchiré ou décousu, il lui faut le porter à réparer chez les tailleurs. Ces trois hommes, originaires du même pays, parlant la même langue, passent leurs journées dans un réduit à coudre des galons, ajuster des épaulettes et tailler des chemises. Chaque fois que Leva passe devant leur porte, il les entend chanter. Penchés sur leur ouvrage avec leurs dés à coudre, des pelotes d'épingles accrochées sur l'avant-bras. Ils fredonnent des mélodies langoureuses qu'il a entendues pour la première fois dans le camion qui l'a amené jusqu'ici. Un homme monté à l'un des arrêts s'était mis à chanter dans le noir, quelque part au milieu des corps entassés. Une autre voix l'avait rejoint puis, telle une balle en frappant une autre, plusieurs l'avaient suivie. À force d'être répétées, ces chansons l'avaient apaisé, même s'il n'en comprenait pas les paroles. À présent d'autres hommes, ou peut-être les mêmes, allègent la fatigue par leurs chants. Ils expulsent l'humidité des os de Leva, la paralyse. Le temps qu'il reste à les écouter, son marmonnement cesse et ses pupilles s'immobilisent.

Au début, il continue de dormir dans son ancien baraquement avec le reste des prisonniers. Mais ses nouveaux vêtements excitent leur convoitise et la nuit il doit souvent battre des jambes en l'air pour éviter qu'on lui enlève son pantalon ou ses chaussures. Il se réveille très tôt, avant les travailleurs de la scierie et de l'usine de traitement. Une sentinelle lui ouvre la porte et le conduit à son poste de travail. Après avoir fini le nettoyage, il regagne l'enclos, alors que les autres dorment encore. Il passe la journée seul, à mastiquer sa folie, plongé dans ses pensées. Son attitude est docile et laborieuse. Au début, sa seule tâche consiste à entretenir les cheminées et les feux. Le reste de la journée, il fait ce que le topographe lui demande ou il attend ses ordres. Il a interdiction de s'éloigner des espaces délimités par la clôture, la maison des officiers et les bâtiments de l'administration et du travail. Où qu'il aille, il y a toujours une sentinelle qui le tient en joue.

Au fil des semaines, de nouvelles tâches viennent s'ajouter à l'entretien des feux. Il doit transporter l'eau, polir les couverts en argent, s'assurer que l'eau du samovar est toujours bouillante ou réparer des lanternes.

Il ne voit presque jamais le topographe, qui passe de longues périodes hors du camp, mais sa protection n'est plus nécessaire car Leva s'est intégré à son environnement. Seuls ses marmonnements font l'objet de moqueries quand il entre dans le réfectoire au milieu du repas. On rit de lui quand il reste immobile à côté du poêle avec une brassée de bois, par exemple. Quelque chose derrière la vitre le ravit : des flocons qui tombent comme du duvet ou la lumière du crépuscule qui allume les stalactites pendant des auvents. La ramure fabuleuse d'un grand cerf, là-bas, au milieu des souches. Quelqu'un le réveille d'une bourrade dans le dos. Le bois tombe à ses pieds et tous s'esclaffent.

Les derniers bûcherons encore dans le campement de la forêt reviennent au début de l'automne. Ne reste là-haut qu'une poignée de soldats chargés de surveiller les installations et les machines dans l'attente de leur démantèlement définitif.

Ceux qui sont redescendus passent leurs journées dans l'enclos, faute de travail. À mesure que la production quitte les lieux, et que les camions sont vides, les hommes en condition de continuer à travailler sont emmenés loin de la vallée. À la fin octobre, ils ne sont plus qu'une grosse douzaine de prisonniers, vieux et malades pour la plupart.

Il marmonne en marchant, il remue la tête de façon spasmodique. Certaines nuits, il crie et gesticule dans son sommeil. Quelqu'un qui n'est pas Teresa, qui n'a ni son visage ni son corps, qui n'est pas même une femme, et peut-être pas un être humain, marche sur des cendres. Ses vêtements sont de la couleur du graphite, et il ne se détache pas sur l'arrière-plan. Impossible aussi d'entendre ses pas, amortis par le tapis gris. Toutefois, un court moment, un instant à peine perceptible, sa peau reflète l'éclat final d'une braise sur le point de s'éteindre. Leva croit alors reconnaître ce quelqu'un qui n'est pas Teresa mais qui participe de son propre être. La cape de graphite se dissout dans les cendres mais ce n'est plus pareil car, réveillé, quelque chose en lui est capable de rallumer le feu, sans qu'il puisse en être conscient.

70.

J'essaie d'écarter de mon esprit tout ce que je sais maintenant, ce que cet « indigène », comme il l'appelle, m'a laissé entendre ou même ce que le lieutenant Boom m'a fait savoir explicitement. Et je suis là, défiant le tout-puissant consul. À chaque mot que je prononce, je dilapide le crédit dont nous disposions. La position confortable que nous assurait l'historique criminel irréprochable de Iosif au service de l'Empire.

— Madame Holman, je vais vous reposer la question et j'espère que cette fois vous saurez répondre d'une manière plus convenable. Je n'ai aucune intention de vous causer des soucis ni de vous compliquer la vie. Je fais tout mon possible pour être de votre côté, mais vous ne me facilitez pas la tâche. J'insiste, est-il exact que *l'un d'eux* vit dans votre jardin ?

— C'est exact.

— Êtes-vous consciente que vous m'obligez à prendre des mesures ?

— Faites ce que vous pensez opportun.

— Êtes-vous consciente que vous vous exposez à une peine de réclusion ?

— Oui.

— Et à être expropriée de vos terres.

Je m'efforce de paraître sereine devant le consul, et j'y parviens je crois. J'essaie de ne pas avoir l'air nerveuse ni surprise. L'épée a franchi la ligne qui nous sépare. Ce n'est pas moi qui la lui ai livrée mais lui qui l'a empoignée, avec sa terrifiante capacité à contrôler la situation, toutes les situations. Voici un homme rompu au pouvoir, doté des attributs du commandement. Incapable de se jeter dans la bataille, de pointer son fusil sur un homme et de tirer, mais sinueux et intrigant dans les couloirs. Existe-t-il quelque chose que je puisse faire contre lui ? Quelque chose qui me sauverait ? Mon unique avantage est qu'il ne comprend pas mes motivations. Dans sa logique, et dans celle de toute personne raisonnable, la prison est indubitablement moins désirable que la perte d'un bien matériel, même une propriété. À partir de ce moment, il fera son possible pour m'effrayer avec des récits de captivité, je suppose. « Une femme dans votre position, dira-t-il. Ce sera un scandale. Vous, née dans la soie, élevée au sein d'une famille noble, il vous faudra dormir sur un grabat de toile sale. Vous ne savez pas ce qu'est le froid. Savez-vous que les charançons nichent dans le pain ? Il y en a qui les préfèrent à la mie. Vous devrez les tuer, pour les éliminer ou pour les avaler. Vous qui buvez du vin dans de fines coupes de cristal, madame Holman, vous devrez changer du tout au tout et supporter la grossièreté des voleurs et des putains. » Il me gratifiera peut-être d'une visite guidée de la garnison. Nous sortirons dans la cour de la caserne, les hommes se mettront au garde-à-vous, ils me feront entrer par une porte humide et je pourrai voir de mes propres yeux un authentique cachot. J'en finirai peut-être alors avec mes sottises.

J'aurais préféré livrer cette bataille dans notre salon. J'aurais trouvé du soutien dans la vision de mes livres. Chaque ouvrage dégage une lumière que je perçois nettement. Leur proximité et les paysages de la Tierra de Barros m'auraient fourni la clairvoyance et le courage nécessaire pour traiter avec le consul. Je me serais laissée conseiller par Sénèque. Il m'aurait apaisée. Chez moi, avec nos liqueurs, sous nos plafonds à caissons, j'aurais dominé cet homme irritant. Mais nous sommes ici, il m'a fait appeler. Avec son attelage et ses tapis, sous les immenses voûtes de pierre de ce salon, je suis à sa merci.

71.

Le lieutenant Boom le fait appeler.

« Pourquoi t'ai-je sauvé, pense-t-il face à Leva. J'ai dit à ce capitaine acariâtre que tu avais bien servi. Est-ce exact ? En vérité, je l'ignore. Tu es un parmi tant d'autres, et si je t'ai accordé de l'attention c'est à cause de ton silence, bizarrement. Je ne connais pas ton prénom et je ne me rappelle plus le son de ta voix, car je ne t'ai entendu parler qu'une seule fois. Parler ? Ces deux mots. Je t'ai fait venir pour te dire que nous quittons cet endroit. Tu sais qu'il n'y a plus de bois à couper. Les dernières traverses attendent de partir Dieu sait où et ensuite, plus rien. On me renvoie dans ma ville. Je pourrai de nouveau m'asseoir dans les cafés de l'avenue Impériale, loin de ce trou perdu.

» Je devrais te dire que nous allons vous abandonner à votre sort, vous, les rares hommes encore présents ici. Je ne connais pas les autres. Je ne connais que toi, ou plus exactement je n'ai eu affaire qu'à toi. Je t'ai vu travailler le bois pendant des années, et te taire, et je suppose que tu ne mérites pas de mourir ici.

» Ce serait un miracle que tu arrives jusqu'à l'endroit où je t'envoie. Tu quitteras cette vallée et tu voyageras vers l'ouest jusqu'à la capitale du département. Tu te présenteras devant M. Swartz avec la lettre que je vais te donner, c'est un homme bon. Si tu arrives jusqu'à lui, il te donnera du travail et un logement. »

72.

Un caporal entre discrètement, s'approche du consul et lui parle à l'oreille. Une affaire requiert sa présence dans la garnison, apparemment. Il sera de retour dans quelques minutes, m'assure-t-il. J'ai le temps de me lever et de sentir la densité du bois sombre sous la semelle de mes chaussures. Après autant d'années passées ici, et surtout après avoir *partagé la vie* de l'homme du potager et vu la façon dont il pose ses mains sur le tronc des arbres fruitiers ; après l'avoir observé pendant des semaines quand il examine du regard la forme des arbres, j'ai pris conscience de certains détails. Les planches de ce parquet, par exemple, beaucoup plus larges que n'importe lequel des arbres qui poussent par ici. De quel endroit lointain les avons-nous fait venir ?

73.

Un matin, tandis qu'il dresse la table pour le déjeuner, il voit par la fenêtre le topographe et trois autres officiers monter dans une voiture. Plusieurs jours après, il reçoit l'ordre de se rendre au campement de la forêt pour porter un message aux soldats encore présents. Un officier lui confie une lettre que Leva range dans sa poche intérieure.

Il marche sur la route déserte où on ne répare plus depuis longtemps les bosses et les trous. Où qu'il regarde, Leva ne voit plus le moindre végétal. La neige n'est pas encore arrivée mais les nuits sont déjà froides et le givre recouvre les prés au lever du jour.

À midi, il aperçoit les baraquements du campement. Tout est tranquille. Un maigre filet de fumée blanche sort d'une cheminée et traînaille autour du chapeau. La dernière fois qu'il est passé par là, une forêt épaisse s'étendait encore derrière les constructions. À présent, il n'y a plus que des souches et des branchages. Un paysage inerte dans lequel le vent n'a rien à agiter et que les animaux ont déserté depuis longtemps.

Plusieurs soldats dorment dans le corps de garde. Deux allongés sur les bancs longeant les murs, deux à même le sol et un autre couché sur la table comme un étudiant épuisé. Il y a plusieurs bouteilles d'alcool vides au pied des bancs et sur la table. Ça sent le tabac. Leva attend un long moment sans savoir à qui remettre le courrier. Ce ne sont pas les premiers soldats soûls qu'il voit, mais c'est la première fois qu'il a un pouvoir sur eux. Il parcourt la pièce du regard. La manette de tirage du poêle est presque fermée et le conduit est rouillé. Les cartouchières et les pistolets pendent au dossier des chaises. Il y a des fusils dans l'armurerie ouverte et un couteau de chasse sur la table. Il laisse l'enveloppe à côté.

Il continue de monter, s'éloigne de la vallée, laisse le campement derrière lui. Il ne sait pas où il va. Il refait simplement le trajet qu'il suivait avec son groupe quand il partait travailler sur les versants boisés. Il passera à côté de l'endroit où il a été retrouvé, la hache en l'air, mais il ne le reconnaîtra pas car il ne retient dans sa mémoire que les souvenirs des derniers jours, et aussi parce que le paysage a été tellement transformé qu'il est désormais impossible de distinguer un ravin d'un autre. À la tombée du jour, il atteint les dernières souches et là, à l'aide d'un bâton, il creuse un trou dans une zone de sable retourné. Il a la forme d'un entonnoir, il s'y blottit et recouvre son corps de branchages. Un groupe d'oies volant en V en direction des zones humides du Sud criaillent dans le ciel. Leva s'endort comme un sauvage, le corps au contact de la terre, seul après de nombreuses années. Et là, sur le champ de bataille fumant, il est recueilli par la terre-mère, qui lui caresse les cheveux. Il se laisse toucher et il sent son haleine et la chaleur des profondeurs, ce vestige de feu originel et ses battements. Dans le sommeil, il est un enfant qui marche au bord d'une rivière et regarde le ciel et la terre réunis, là-bas au loin, dans l'horizon inatteignable. De cette image, il ne tire qu'une consolation, un instant de réconfort, un rayon de soleil éclairant le sol pavé d'un patio, le sang des siens, des ancêtres, des enfants.

Le soleil pénètre dans la vallée, il le constate depuis le sommet calcaire. Une lumière horizontale qui transforme les pentes en rideaux bleutés. Ses vêtements sont humides et il frissonne sans même s'en rendre compte. Il attend que le soleil soit plus haut dans le ciel et que la lumière pénètre dans les contours de la vallée. Tout ce qui s'étend à ses pieds est ravagé, stérile. Seuls quelques jeunes arbrisseaux, témoins de ce que fut la forêt, ont échappé à la hache à cause de leur petite taille. Les orages ont provoqué des glissements de terrain dans les zones les plus pentues, laissant apparaître des taches brunes. Personne ne prendra la peine de récupérer cette terre arrachée par les eaux afin de la remettre à sa place.

Les aiguilles de pin sont les premières à sécher ; elles deviennent fragiles et très inflammables. L'humidité et la chaleur décomposent ensuite les branches les plus fines, progressivement. L'écorce se détache et

234

les insectes colonisent les souches dont ils réduisent l'intérieur en poudre. Les pluies arrachent la couche restante avant que la terre n'ait le temps de mélanger les éléments en décomposition. Rien ne s'interpose et, pour finir, la vallée elle-même glisse en aval. Leva peut apercevoir les baraquements du campement et, au loin, la colonne de fumée noire de l'usine où sont fabriquées les dernières traverses. Il ne sait pas pourquoi il est monté jusqu'ici. Au lieu de prendre le chemin du retour après avoir laissé le message sur la table. Il ne sait pas non plus pour quelle raison il a décidé de passer la nuit à la belle étoile, aussi libre que le serait un martinet aux plumes goudronnées. Il est monté, c'est tout, et il s'est blotti dans une brèche, laissant l'humidité le transpercer et les odeurs de terreau l'envelopper.

À son retour au camp, il n'est pas puni, étant donné que l'officier qui lui avait donné l'ordre est parti lui aussi. Depuis qu'il n'y a plus de bois, tout est devenu éphémère dans le camp. Une sensation de laisser-aller presque vulgaire contrastant avec la rigueur et les souffrances des années précédentes.

74.

Les officiers et les soldats de la police militaire sont les derniers à quitter les lieux. Du salon où il travaille, Leva les regarde s'éloigner par la route d'entrée dans la vallée. Les jours suivants, il continuera de nettoyer les cheminées et d'aviver les feux.

Certains après-midi, il traîne dans le camp. La scierie et l'usine ont été fermées à double tour, dans l'attente peut-être que quelqu'un soit envoyé pour démonter les machines. Les grandes portes de l'enclos sont également barricadées. À l'intérieur, trois hommes errent, désorientés, au ralenti. L'un est allongé au soleil sur le toit d'un baraquement, à côté de l'endroit où Leva a passé sa première nuit. L'autre gratte la terre à quatre pattes, la tête au ras du sol. Il fouille le gravier, et quand il trouve quelque chose il porte les doigts à sa bouche et mâche. Le dernier gît dans les baraquements, sans linceul ni obole.

Cet hiver-là, Leva se nourrit de baies et de ce qu'il parvient à chasser ; au mieux des lemmings et des écrevisses. Il s'est installé dans la cabane à outils où il a transporté un des poêles.

Il entre régulièrement dans le bâtiment de l'administration, par la porte de la cuisine dont il conserve la clef. Il parcourt les pièces, ouvre les volets, balaie la poussière de pierre que l'humidité a décollé des murs. Une fois, il s'arrête dans l'atelier des tailleurs. Leurs chants ont disparu sans laisser de trace. Sur la table de coupe, il y a une pièce de toile avec des patrons de papier épinglés. Des mètres de couturière, des bobines de fil, des paires de ciseaux. Sur les cintres, des chemises et des vestes avec des étiquettes en carton accrochées aux boutons.

Au printemps, quand la neige disparaît du chemin, il sort de la maison, ferme la porte derrière lui et commence à marcher sur la route, les eaux abondantes du dégel coulant à côté de lui. Il mettra deux jours à décrocher le carton de la veste qu'il a choisie pour son retour.

75.

Quand il entre à nouveau dans la salle, il me trouve debout. Il traverse la pièce jusqu'à la fenêtre et m'informe, en me tournant le dos, que *mon homme* a été vu près des anciens lavoirs ; il va envoyer une patrouille à sa recherche. « C'est désormais une affaire d'ordre public qui suivra la voie officielle. » Il regarde au dehors, un point vague au milieu des chênes qui couvrent les hauteurs voisines. La lumière fatiguée de début d'automne aplanit ses traits, en atténue les détails. « C'est étrange, dit-il enfin. Vous aviez de nombreuses portes de sortie et vous avez refusé d'en prendre ne serait-ce qu'une. Je me demande pourquoi. Pour quelle raison quelqu'un comme vous, dans votre position, en est arrivé là. Vous m'avez obligé à vous convoquer de manière officielle et une fois ici, où j'ai agi autant que j'ai pu en votre faveur, vous avez avoué votre relation insensée avec cet homme, ce qui vous incrimine et met en danger votre réputation, celle de votre mari, et même vos biens. »

Je n'aurais pas mieux décrit mon attitude, car je ne me comprends pas moi-même. Je fouille dans ma mémoire et je me revois allongée dans mon lit en train de penser à l'homme du potager, si souvent. Effrayée parfois, désespérée certains jours, mais toujours incapable d'appeler la garde.

— Je ne sais pas comment répondre à cette question. Croyez-moi, je ne sais pas.

Il n'a pas dit qu'il avait déjà lâché ses chiens mais qu'il allait le faire, qu'il enverrait une patrouille au Verger des Griottes.

— Ce que j'ignore, c'est ce que vous faites ici à essayer de couvrir un individu qui est hors la loi. Si vous êtes à ce point son amie, leur amie, allez à La Albuera ou à Santa Marta, et vivez comme eux. Renoncez à vos privilèges, à votre propriété et à la protection de cette administration. Fauchez vous-même le blé jusqu'à ce que vos mains se brisent et je ne vous causerai plus jamais de soucis.

J'ai voulu mourir tant de fois à cette époque. À mesure que j'apprenais, je ressentais la nécessité de disparaître. D'arrêter de souiller la vie de ma présence. Je suis recluse dans un lieu d'où le consul ne me fera pas sortir avec ses offres, ses raccourcis et ses mensonges. Pendant les semaines où j'ai vécu avec l'homme du potager, je me suis trouvée dans l'obligation de me jauger, quotidiennement. Et tandis qu'il paraissait s'alléger, c'est moi qui me chargeais de son fardeau. J'ai pu voir comment, dans chacun de ses gestes, il se délivrait et se dépouillait de toutes ses attaches jusqu'à disparaître, mêlé à la terre, à sa terre.

Moi, à ses côtés jour après jour, d'abord persuadée d'être prisonnière de son silence, alors que ce n'était pas le cas. Le mystère que je pensais voir en lui, par lequel je tentais de justifier mon comportement à mes yeux, était un autre mensonge. Il n'existait pas d'autre mystère que la faute : celle de savoir que j'avais édifié ma maison sur le sang des siens. Celle de m'être drapée dans la bannière de la tradition, de l'Empire et de la religion pour participer à cette spoliation. Le seul fantôme que je vois ici est celui de Kaiser, apathique et reconnaissant. Le bourdonnement des abeilles n'est rien d'autre pour moi qu'une agréable réverbération estivale. Comme dans le ruisseau qui dévale, lavant les rochers de son lit. Je porte la faute de m'être laissée duper pour construire ma vie sur un cloaque. Pourtant, même si je ne pourrai jamais agir comme lui, régresser à la véritable origine, je choisis cet endroit, il est mien et je revendique le droit à la poussière et aux lombrics, et à tout ce qui me fera pourrir.

Face au consul, je pleure.

76.

Quand je reviens du château, l'après-midi déjà bien avancé, je m'assieds sur les marches menant au potager dans l'espoir de le voir surgir entre les ronciers qui bordent le ruisseau. Je veux lui dire que sa toux m'inquiète, et aussi que le consul est sur ses talons. Je l'imagine, avançant d'olivier en olivier, les cicatrices de son visage se confondant avec les stries des troncs dans la faible lumière de la tombée du jour.

Kaiser n'apparaît pas, je suppose qu'il chemine à ses côtés, pour revenir je l'espère. La relation entre l'homme et le chien est un mystère. Je ne l'ai pas vu le caresser une seule fois et pourtant l'animal se comporte comme si c'était lui qui le nourrissait. Je sais maintenant qu'ils habitent un même espace d'odeurs et de perceptions. Que l'homme et le chien ont, d'une certaine manière, tété la même louve.

Je veux aussi lui raconter que je sais maintenant qu'il a été dans le Verger des Griottes, avec les autres habitants du village, là où il a été aperçu aujourd'hui. Éreinté par la peur, comme eux. Au milieu des odeurs de viande grillée, attendant que les soldats aient terminé leur repas.

Je regarde autour de moi. La brise du sud fait défiler de petits nuages entre la plaine et la lune montante, et on entend régulièrement les battements d'ailes des pigeons ramiers se préparant au sommeil à la cime des arbres proches.

77.

Il revient dans la nuit. Assise à mon bureau, je l'entends tousser quelque part dans le jardin potager. Je m'assieds sur mon lit et je me dis que c'est vraiment surprenant qu'il puisse se déplacer dans les champs sans être arrêté par la patrouille ou vu par un domestique. Particulièrement depuis que le consul le recherche. J'imagine qu'il passe son temps étendu à l'ombre d'un chêne du Verger des Griottes. Enlacé à son tronc peut-être, marmottant ses cantilènes sur le lieu qu'il désire rejoindre. Là où le camion s'arrête peu après avoir quitté le village, car les envahisseurs, guidés par le secrétaire de mairie, ont choisi un parage proche pour y regrouper tous les habitants.

Une chênaie presque plongée dans la nuit où un groupe de soldats se repose autour d'un feu ; ils font rôtir un cochon de lait à la broche. Arômes de peau grillée et de lavande. Sous la pâle lumière d'un quartier de lune, le tableau se divise en deux : les traits, émergeant bleutés, et la masse obscure où ceux-là s'asseyent. Noirceur profonde et incognoscible où tout flotte et repose, où toute lumière contraste.

En cercle devant la porte-pont du camion, les soldats s'apprêtent à faire sortir les captifs. Ils abaissent la porte et un air pestilentiel s'échappe de l'intérieur obscur, obligeant les soldats les plus proches à se couvrir la bouche, dégoûtés. Pas un cri, pas une plainte. Le noir complet, c'est tout. Ils doivent approcher une de leurs lanternes pour distinguer enfin les hommes entassés au sol contre l'une des parois. Beaucoup d'entre eux ont le capuchon et la poitrine maculés de vomissures, et ils remuent faiblement sur les planches comme des appâts de pêche dans une vieille boîte en fer blanc. Le sergent qui commande ordonne aux soldats de monter dans la caisse. Ils bousculent les hommes de la crosse de leurs fusils, les captifs se redressent et ils les sortent du camion, en les traînant presque, dans la nuit chaude et parfumée par les cistes.

Sales et titubants, ils font penser à une bande de détraqués exténués par la débauche ou possédés par des hallucinations fantastiques. Ils sont conduits au bord de la clairière où le sergent les somme de s'agenouiller. Certains reçoivent des coups de pied derrière les jambes jusqu'à ce qu'ils les plient. D'autres, encore ivres, tombent à la première bourrade et un homme est jeté au sol, le corps rigidifié par la commotion. En les voyant ainsi, à genoux et la tête pendante, un soldat suggère de s'amuser un peu à leurs dépens. Les soldats se mettent en cercle autour d'eux.

Le sergent s'écarte, sort son tabac de sa vareuse et fume sous un genêt aussi grand qu'un arbre en regardant ses hommes se distraire un moment.

Le fusil à l'épaule, ils commencent par verrouiller l'arme de manière sonore. Des cris, des suppliques fusent et l'individu qui croit ne plus avoir de larmes tire encore quelque chose de lui. Après quelques minutes de ce petit jeu, le sergent ordonne qu'on leur retire les sacs.

Ils ont le visage sale, leur barbe naissante parsemée d'arêtes, d'écailles et de restes de nourriture régurgitée. Malgré la vague clarté projetée par le quartier de lune, ils reconnaissent immédiatement l'endroit. Le Verger des Griottes, un lavoir communal où les femmes du village viennent rincer le linge. Des pierres à laver autour du bassin où on chante et où on alimente les commérages tout en battant le linge. Tout autour, charbon de bois et restes de cendres utilisés par les femmes pour la lessive.

Ils peuvent enfin voir ce qui se passe autour d'eux, après être restés des heures encapuchonnés. L'étendue d'eau, les chênes bercés par la brise, le ciel étoilé et le visage des autres. Ils échangent des regards, se reconnaissent, mais aucun ne prononce un mot, ils ont déjà reçu leur lot de coups de crosse.

Il a toujours la tête alourdie par le vin et le corps crispé par la peur qui l'a envahi pendant le petit jeu des soldats. Ses mains tremblent et il a l'estomac retourné, une sensation qui s'étend maintenant à tout son corps. Il pense de nouveau à Teresa et à Lola. Ils croyaient aller là où ils retrouveraient leurs familles installées pour la nuit pendant que les soldats fouillaient le village. Mais ils sont seuls. Leva cherche un indice, une raison d'espérer : un sanglot, des bruits de casseroles, l'odeur familière de ragoût, un hochet de carroubes séchés, mais il ne trouve rien. Il comprend qu'ils ne sont pas là ; le Verger des Griottes est encaissé au fond d'un petit vallon, et autour il n'y a pas de terrain plat suffisamment large pour héberger les habitants du village. Une clairière au milieu des chênes, tout au plus, dont les ronces et les genêts rendent l'accès impossible.

78.

La nuit est agitée. Je traverse le pré et je me penche par-dessus la barrière. Il est étendu dans son entonnoir. Le haut du corps calé sur le côté, dans la partie étroite, et ses jambes repliées dans la partie la plus large. C'est la façon qu'ont les soldats de se protéger sur les fronts du Nord. Ils sont à l'abri du blizzard, qui transperce même les vareuses les mieux enduites, des tirs ennemis et de la mitraille des obus. La nuit venue, ils se blottissent dans leur fosse, sous leur capote, en attendant le lendemain.

Je descends et m'agenouille à côté de lui, dans son dos. Il est réveillé, j'ignore s'il sent ma présence, il ne bouge pas. Sur le bord de sa tranchée, près de sa tête, il a posé son petit radeau en bois tordu. Sa toux est profonde et rauque. Je m'allonge sur le sol, près de lui.

79.

Les soldats jettent les os blancs, souvent encore couverts de lambeaux de chair, et les fourmis ne tardent pas à arriver, qui les enrobent telle une pâte à beignets vivante. Ils fument tranquillement jusqu'à ce que le sergent, peut-être excédé d'être là ou de perdre son temps, ou de fumer, jette son mégot par terre après avoir tiré une grande bouffée. Il lance ensuite une série d'injonctions qui signent la fin de la pause. Les soldats reprennent leurs armes, et ces bergers des enfers poussent brutalement les captifs vers une partie de la clairière où leurs propres outils entassés les attendent.

La lune plaque une lumière froide sur les genêts. Ils avancent dans ce décor jusqu'à une grande trouée parsemée d'îlots d'herbe sèche. Le sergent donne l'ordre de s'arrêter et, de la pointe d'un bâton, il trace au sol une sorte de rectangle de la taille d'une maison. Puis, utilisant son fusil comme une pelle, il se place à l'intérieur du périmètre et mime l'action de creuser et de rejeter la terre sablonneuse invisible à l'extérieur du contour.

Ils besognent toute la nuit et une partie de la matinée. Ils ont creusé profondément et les racines jaillissent à la hauteur de leurs têtes, tels des doigts intègres. Une énorme caisse entourée de tas de terre pelletée. Obéissant au sergent, les hommes sortent du trou comme ils peuvent, et là, à côté des montagnes terreuses, on leur donne de l'eau pour la deuxième fois depuis qu'ils ont commencé à creuser, de nuit. Ils reçoivent ensuite de l'eau-de-vie et du vin. Certains se jettent sur les bouteilles et boivent au goulot, mais d'autres refusent, l'estomac encore retourné.

On les force à boire.

80.

On les fait avancer sur un sentier indiscernable que personne n'emprunte, sauf les lapins. Devant eux, vers là où ils vont, ils perçoivent un vrombissement monotone de mouches et de bourdons. Ils titubent, ivres, ils trébuchent, ils s'affalent sur les branches poisseuses de cistes, et il faut les sortir de là, diffici-lement.

Ils atteignent l'endroit, peu éloigné du lieu où ils ont creusé, où ils retrouvent leurs voisins sous une nuée d'insectes. La première vision les paralyse, ils en restent bouche bée. Des corps entassés en vrac, comme s'ils avaient glissé le long d'un canal de déri-vation qui se déverserait là. La lumière se désagrège autour d'eux ; et tout ce qui les environne, l'air, les arbres et les hommes, se transforme pour toujours. Ce lieu, de travail et de divertissement encore quelques heures plus tôt, sera à jamais une crevasse spectrale. Personne ne reviendra plus rincer la laine dans les bassins voisins. Personne ne nommera plus l'endroit gaiement, et l'éclat noir que cette montagne a com-mencé à projeter demeurera impossible à masquer.

81.

Ton égarement commence là. Tu ignores encore que ce tas n'est que le sommet d'une montagne plus volumineuse, semi-enterrée. Que ce que vous voyez n'est que l'excédent d'une fosse trop petite. Une erreur de calcul, cause de la promiscuité de tes voisins qui n'ont jamais été aussi proches de leur vivant.

Chacun supporte cette vision comme il peut. Certains fondent en larmes, et leurs pleurs ne s'arrêteront plus. D'autres ferment les yeux et serrent les mâchoires, ou s'évanouissent. Leurs intestins se vident sur le sol poussiéreux sans les soulager pour autant. L'alcool anesthésie leurs cellules afin de leur permettre de commencer à charrier les corps. Les soldats comptaient là-dessus.

Un lieu peut-il demeurer habité pour toujours ? Les corps sous la terre, les corps sous le soleil. L'air qui les entoure. La douleur, la même pour tous.

Ne nous rend-elle pas frères ?

Il me revient en mémoire une scène à laquelle j'ai assisté, enfant. Une fille chante une romance des faubourgs à sa vieille mère. Cette dernière s'efforce de suivre les paroles, d'accompagner sa fille, mais son visage se contracte. Cet air si souvent repris sous les porches de la ville conquise revient maintenant à ses oreilles, tellement longtemps après, et elle ne peut retenir ses larmes. Les outils nous lient à la terre, les mélodies se gravent dans les recoins les plus cachés de l'esprit et du cœur. Ils nichent dans les profondeurs, comme le souvenir des odeurs. Au long de la vie, alors que nous furetons dans le garde-manger, déjà âgés, il arrive parfois qu'un parfum nous revienne, et les souvenirs de ces temps anciens, primitifs, reverdissent. La mélodie qui fait pleurer la vieille femme. La douleur qui nous unit. Qui a perdu un enfant, les a tous perdus.

82.

Vous commencez par ouvrir un chemin entre les genêts pour relier la nouvelle fosse à la première. Comme il n'y a que deux haches disponibles, vous utilisez aussi les houes. Vous les levez, sanglotant, très au-dessus de vos têtes et vous les lancez avec force contre la base des grands arbustes, comme si vous vouliez les écraser sous la semelle de vos chaussures. Les fibres du bois humide s'entortillent autour des lames, et vous devez les frapper du pied ou à coups de piolet pour les dégager. Il aurait fallu un attelage de bœufs pour déraciner complètement ces végétaux à grosses racines, accrochés au sol avec l'obstination des affamés.

Vous transportez les corps au milieu des souches fendues. La plupart ont les yeux recouverts. D'un foulard ou de leurs propres vêtements. Au sommet du tas, il n'y a que des hommes, les derniers à mourir. Ils ont dû remplir la fosse qu'ils avaient d'abord creusée. Puis les femmes, les vieux, les enfants, mélangés.

Il est honteux de transporter les cadavres en partie dénudés de vos voisins. Porter le boulanger par les jambes de son pantalon, avec le compagnon de labeur qui marche devant vous, de dos, et pleure. Regarder le visage mutilé de cet homme et recomposer inconsciemment ses traits, par habitude. Les jours de fête, c'est dans son four qu'est cuit le pain, rôti l'agneau. Les familles le lui apportent et il en enduit la peau de saindoux avant de l'enfourner. Vous n'êtes pas préparés pour voir l'intérieur d'un corps, les matières qui le remplissent et lui donnent vie. Des corps inanimés, à présent. Extraordinairement pesants et glissants. Les attraper par les chevilles et les aisselles et les porter jusqu'au bord de la fosse. Les disposer de manière que le nouveau trou puisse les accueillir tous. Voilà ce qu'on attend de vous.

À midi, un des hommes, un travailleur de la cave viticole, reconnaît le visage de son père. Le hurlement du fils s'élève au-dessus de la cime des chênes, à faire dresser les cheveux sur la tête. Agenouillé, il enlace la chair inerte. Sa poitrine collée à celle de son père dont les mains plongent dans cette mer dépouillée. Le fils, la bouche ouverte, la respiration bloquée. Des hommes l'entourent et reconnaissent immédiatement le mort. Un prisonnier pose la main sur l'épaule du fils, en signe de consolation d'abord, et ensuite pour essayer de lui faire lâcher la dépouille. L'homme refuse, et les autres doivent lui arracher le père des bras.

83.

Leva assiste à la scène dans un coin du trou. Celui dont les bras retombent à présent est un des cordonniers du village. Un des hommes qui chantent toute la journée avec ses collègues dans le Rincón de la Cruz. Le dos du fils l'entoure, et il les regarde tout en tentant de redresser le corps d'une vieille femme qu'il connaît depuis toujours, comme les autres. Il la tient par les chevilles quand il voit le fils sangloter et les autres essayer de les séparer. Ils ne veulent pas attirer l'attention des soldats qui boivent, loin d'eux, de l'autre côté des talus. Attendant, plus ou moins ivres, qu'ils terminent la tâche qu'ils leur ont confiée.

Les hommes du village les séparent, ils emmènent le fils jusqu'à l'un des monticules de terre, et l'allongent sur le côté. Ils tentent de le consoler, et l'homme, qui voyage déjà dans une dimension étrange, se recroqueville sur la pente terreuse. Plusieurs hommes commencent à parcourir la fosse en retournant le visage des cadavres. Leva demeure immobile, accroché aux pieds de la femme. La douleur qui le dévastera est encore contenue. Il ne manque qu'un battement d'ailes du papillon pour que sa digue personnelle explose.

84.

Moi, celui qu'ils appellent Leva, fils de cette terre, je dois chercher. Savoir si elles sont là.

Je remarque un regard qui me réclame. Il me cherche depuis un moment. Des yeux gris. Un corps accroupi tient une petite main blanche qui émerge à la surface d'un moutonnement de côtes. Je lâche les chevilles de la vieille femme et je traverse la fosse comme un funambule.

Ma fille a les lèvres sèches et les cheveux emmêlés ; la bouche ouverte et le front entier. Je la tire par les bras et je sépare son corps des autres. Je me relève et je la prends tout contre moi comme si je la sortais du lit au milieu de la nuit. J'essaie de l'enlacer, mais sa tête ne cherche pas l'appui de mon épaule pour continuer à dormir, elle pend. Je pose ses bras sur mon dos. Je veux qu'elle m'enlace, mais ses extrémités toute fines retombent comme si elle avait trouvé une nouvelle famille, entre les morts.

85.

Tu abandonneras bientôt les corps. Aveuglé par la douleur, tu grimperas sur les talus que vous avez vous-mêmes érigés. Tes frères te verront marcher et ils entendront le bruit de ta fureur, au-delà des monticules de terre. Tu seras battu, même après avoir perdu conscience. Puis, encore inconscient, tu seras hissé dans un camion à la destination inconnue, et là où tu iras, très loin, tu devras te relever, chargé comme un Atlas, puis revenir dans cet endroit.

86.

Il n'apparaît plus depuis deux jours. Je sais que je ne le reverrai jamais. Les fruits sont toujours là, alignés sous les treillages, comme, plus loin, la fosse dans laquelle il dormait. Il a emporté le petit radeau, afin de traverser seul l'Achéron peut-être, car il n'a rien pour payer le nautonier. Sur la pelouse, des tiges sèches ont remplacé le gazon humide et frais. Je voudrais abandonner Iosif à son destin, mais je n'y arrive pas.

87.

Il m'a fallu tout un hiver avant de me décider à faire le voyage jusqu'au Verger des Griottes. Je parle de voyage à bon escient, même si c'est à moins d'une heure à pied de chez moi.

Je suis partie au lever du jour, guidée par Kaiser qui m'a conduite par les chemins et les coteaux comme s'il savait où j'avais besoin d'aller. Si j'avais suivi les indications fournies en son temps par le jardinier, il m'aurait fallu traverser le village. En suivant le chien, j'ai donc fait un gros détour, en montant d'abord à la mine pour redescendre ensuite par la route de Burguillos.

J'ai eu du mal à repérer le vieux sentier qui débouche sur les bassins à cause des cistes qui envahissent le terrain. Je me suis frayé un passage du mieux que j'ai pu et j'ai retrouvé l'ancien lavoir.

Les pierres à laver ont survécu autour du petit étang. L'eau est un cristal foncé à peine perturbé par le modeste jet qui se déverse encore dans un canal étroit où le courant peigne des mèches d'algues. Les bourdons vrombissent autour de moi. Je n'avais jamais imaginé trouver la paix dans cet endroit. Je ne creuserai pas la terre. Je n'en ai plus l'âge, et cela ne servirait à rien. J'ai seulement besoin de savoir que vous êtes ici, en dessous, et que vos corps fraternisent. Toute la vie passée à nous fuir. À couvrir la peau des femmes, à dérober des caresses aux enfants. Et désormais ironiquement mélangés, le souffle une fois éteint. Que cette proximité eût été belle en d'autres temps ! Hommes, femmes, vieillards, enfants, familles, amis, inconnus, tous réunis. Les corps mêlés dans un alliage indestructible. Il se peut que, à un moment donné, nous n'ayons fait qu'un, comme on dit. Non pas un seul corps, mais un seul être. Nous, les arbres, les rochers, l'air, l'eau, les outils. La terre.

Remerciements

Écrire, c'est être seul. Il serait toutefois injuste d'affirmer que ce livre est le résultat d'un effort strictement individuel. Je suis reconnaissant aux personnes et aux institutions citées ci-dessous de m'avoir donné des conseils, des informations, leur confiance, des moyens ou des espaces où pouvoir travailler.

Elena Ramírez, Juan María Jiménez, Javier Espada, Pablo Valdivia, Verónica Manrique, Valentín Presa, Pablo Martín Sánchez, Francisco Rabasco, Andrés Gil, Ángel Martín, Teresa Bailach, Elena Blanco, Norah López, Daniel Cladera, Pere Gimferrer, Margaret Jull Costa, Eva Dobos, Arie van der Wal, Marie Vila Casas, Hanna Axén, Ellie Stewart, Paloma Sánchez Van Dijck, Maaike le Noble, Maggie Doyle, Erik Larsson, Michal Shavit, Mariagrazia et Gianluca Mazzitelli, Luigi Spagnol, Orli Austen et Nahir Gutiérrez.

La Bibliothèque publique Infante Elena de Séville, l'Instituut voor Oorlogs, Holocaust en Genocide studies, le NIOD d'Amsterdam et la mairie de Facinas.

La fondation néerlandaise pour la littérature, la Nederlands Letterenfonds-Dutch Foundation for Literature, pour son soutien pendant l'écriture de ce livre.

*Cet ouvrage a été composé et mis en pages
par ÉTIANNE COMPOSITION
à Montrouge.*

Imprimé en France par CPI
en février 2017